诺贝尔文学奖
Nobel Laureates
in Literature
作品精选 插图版

小毛驴之歌

〔西〕胡安·拉蒙·希梅内斯／著

王晓敏／编译

海豚出版社
DOLPHIN BOOKS

CICG 中国国际传播集团

图书在版编目（CIP）数据

小毛驴之歌 /（西）胡安·拉蒙·希梅内斯著；王晓敏编译 . -- 北京：海豚出版社，2025. 6. --（诺贝尔文学奖作品精选）. -- ISBN 978-7-5110-7301-3

Ⅰ . I551.25

中国国家版本馆 CIP 数据核字第 2025WB3999 号

小毛驴之歌

（西）胡安·拉蒙·希梅内斯　著　王晓敏　编译

出 版 人	王　磊
责任编辑	肖惠蕾　王洪聪
特约编辑	许秋玲
封面设计	宋双成　蒋　飞
责任印制	蔡　丽
法律顾问	北京市君泽君律师事务所　马慧娟　刘爱珍
出　　版	海豚出版社
地　　址	北京市西城区百万庄大街24号
邮　　编	100037
电　　话	010-68325006（销售）　010-68996147（总编室）
印　　刷	天津泰宇印务有限公司
经　　销	全国新华书店及各大网络书店
开　　本	710 mm×1000 mm　1/16
印　　张	11
字　　数	125千
版　　次	2025年6月第1版　2025年6月第1次印刷
标准书号	ISBN 978-7-5110-7301-3
定　　价	39.80元

开篇语

　　本书中的散文选自西班牙作家、诺贝尔文学奖获得者希梅内斯的散文集《小毛驴与我》，该书与《小王子》《夏洛的网》并称为二十世纪三大心灵读本。书中回忆了作者与他心爱的小毛驴——小银之间的故事，以孩童般稚嫩的语言描述了爱与温暖、别离与哀伤。

　　在一个阳光明媚的日子里，作者带着小银走进了大自然的怀抱，来到开满锦葵花的山坡。小银摇头晃脑地在花丛里打滚，玩累了便去小溪里喝水。而作者拿着一本书，躺在暗绿色的树荫下，树冠挡住了炽热的阳光，斑驳树影细碎地映在作者身上，将一切都染得金黄、明亮……仿佛作者美好的回忆总是伴随着金色的阳光，金色也是贯穿整本书的颜色。作者看到的、描述出的所有情景都泛着金黄色的光芒，他与小银的友情也似阳光般耀眼与温暖，哪怕知道终将会别离，但依然令人动容。

　　就如希梅内斯自己所说的："欢快和悲伤是一对孪生姐妹，就像小银的两只耳朵一样。"金色的时光充满着快乐的欢笑，同样也伴随着悲伤的眼泪。而作者与小银的别离就是潜藏在他们前期的快乐时光中的

最大的悲伤。

　　别离，对于任何人来说都是很沉重的话题，但却是每个人都无法避免的经历。小银陪伴作者度过了数个春夏秋冬，但动物的寿命大多不及人类。在这璀璨黄金般的诗篇的末尾，迎来的便是别离。作者在本书的多篇文章中表达了自己对死亡的看法，如在《未知的后事》中，作者写道："衰老和死亡对所有的生命都是公平的，终有一天，我们的心脏会停止跳动，我们的身躯会深埋于黄土里，我们的意识会消散在虚空之中。"快乐与悲伤、生存与死亡，这些截然相反的词汇被作者毫不突兀地穿插在他的故事中。

　　溯源《小毛驴与我》的创作背景，或许大家能够更加深刻地理解作者与小银快乐的生活碎片中为什么总是萦绕着悲伤。希梅内斯十九岁时，父亲去世，他悲伤过度、抑郁成疾，多次住进医院。后来他回到了自己的故乡，终日与一头小毛驴为伴，并开始记录与小毛驴的生活点滴，以此疗愈身心。在阅读这些生活碎片之时，我们不难发现，穿插在这些故事中的一些顽皮的孩子和冷漠的大人。虽然被希梅内斯一笔带过，但让人印象深刻。实际上这些正是希梅内斯的真实遭遇。在家乡安达卢西亚生活的日子里，小银是他最好的伙伴，我们在作者的文章中也能看到，他将小银视作一个知心朋友，时时与它分享自己的喜怒哀乐。现实中，希梅内斯和小银走过大街小巷时，他也是这样不停地与它说话。在那些孩子眼里，他的行为与"疯子"无异，自然他也遭到了和皮尼托一样的追赶、嘲笑。但就算如此，他依旧对一切抱有善意，依旧怜悯众生。

死亡本是一个令人恐惧的话题，作者却在书中写道："你不用害怕，即使你走到了生命的终点，我也一定会忠诚地陪伴在你的身边。"对友情的忠诚，对生死的淡然，这些都让作者的文字充满了与众不同的情感，这样的情感让人们忘却了恐惧。我们仿佛可以透过时光的彩色玻璃，看到在绚烂的光线中作者饱含着浓烈的感情，为我们塑造了一个全新的世界。

相信阅读本书的读者也会感受到那种复杂而不可明说的情绪，也可以读出作者潜藏在文字中的人性的优点。孩子需要感受这样的情绪，虽然体现着人性的复杂，但也散发着人性的光辉。哪怕未来所行之路蜿蜒曲折，晦暗不堪，但这些幼时深埋在心底的光辉定会化作路边被飞蛾围绕的闪烁路灯，为前行的人们指出静谧的路途。

当你阅读这本书时，或许不会读到英雄史诗般跌宕起伏的情节，但却能在字里行间感受到作者细腻的笔触和文字的节奏之美，仿佛夏日夜晚的点点萤火，静谧安详。作者将内心世界的波动尽数化为纸上跳跃的微风。在别离时刻，他抚摸着小毛驴的墓碑，白蝴蝶围绕着他们打转儿，这一切都仿佛是秋风拂过，麦浪翻滚涌动，最后在纸上留下了淡淡的忧愁。

目录 Contents

第五章　永远与你相伴

第六章　酸甜的时光

第一章
我的小毛驴

美丽的小银

我最好的朋友是一头名叫普拉特罗的小毛驴，可我从来不这么叫它，我总是叫它小银——这是因为它有着一身柔顺漂亮的银色皮毛，那皮毛简直就像一匹精致的锦缎。小银的个子不高，那柔软的皮毛总是保持得相当干净，它的脾性也非常温柔，当我与它那双乌黑明亮的眼睛静静对视的时候，我总是能看到它眼中的坚定。

每当碰到晴朗的天气，我就会带着小银外出散步，它总是雀跃地撒开蹄子一路小跑，享受着阳光、草地和芬芳的花香。小银非常喜欢花丛，它时常会钻到花丛里打滚儿，无论是鲜红的玫瑰、黄澄澄的郁金香还是蔚蓝的风信子，它都喜欢极了。

"小银，看这里。"我冲它轻轻地拍了拍手，"到吃饭时间了。"

小银原地打了个滚儿，立刻向我跑了过来。每到这个时候，小银的兴致都显得好极了，它摇头晃脑地冲我跑过来时，我仿佛能在风中听到叮铃、叮铃的铃铛响声，那就是小银难以用语言表达的快乐情绪。

小银一点儿都不挑食，不管我喂给它枯草还是青草，它都照单全收。不过，如果哪天的正餐是新鲜水果，它就会兴高采烈地撒欢儿了。在新鲜水果当中，酸酸甜甜的小蜜橘、饱满晶莹的紫葡萄、清香新鲜的无花果都是它的最爱，小家伙就算吃了个肚儿圆，也还是要将每一滴沁出的果汁都舔舐干净。

小银是我身边最可信的朋友，永远不会伤害我，它全心全意听从我的吩咐，为我分忧解难。每当它用脑袋轻轻蹭着我的手掌时，我都感觉无比温暖幸福。只要我跟小银在一起，我就无须惧怕危险，小银会带着我找到回家的路。瞧，小银看起来是一头温柔好脾气的小毛驴，但它也有自己的坚守，那就是我。我们永远都不会跟彼此分开。

每到星期天，我就会和小银一起外出散步，我们沿着窄窄的乡间小路走出村子，穿过田垄，走上街头，沿路碰到的农民和路人都会凝视着我们，赞美道："看啊，那头小毛驴多么神气！"

每当听到别人的这种称赞，我心里就有种说不出的高兴，小银也是一样，它脚下的步子更快更稳了，驮着我兴高采烈地向远处跑去。

傍晚的游戏

傍晚时分，月上梢头，冷风呼呼地吹着，整个村子都静悄悄的，没有人愿意在这么冷的天气出门遛弯。而在这时，我牵着小银沿着狭窄的乡间小路走回了村子。我摸了摸小银的小脑袋，牵着它走向村庄的另一头。

在外人眼中，我们的村庄大概是穷酸破旧的，我们所走的土路从来没有被修缮过，路边支起的摊子也都只能卖一些寒酸的小玩意儿，但是我对此并不介意。我牵着小银走过这条灰扑扑的土路，只要沿着大路走去，就能走向村庄的另一头。那里流淌着一条即将干枯的小河，那是小银的乐园。聪明的小银早就发现我们要去往那里，它兴冲冲地向前跑去，明显连一分一秒都等不及了。我忍不住笑了，目送着它疾冲向前的背影。

就在这时，我们听到不远处传来了小孩子的嬉笑声，在这样的冷天，也就只有小孩子会呼朋引伴地出来玩耍。他们都是些出身穷苦的孩子，正在聚堆儿玩一种叫作"假装乞丐"的游戏。这种游戏多半会被大人们嗤之以鼻，但却是孩子们最喜欢做的事情。

瞧，一个孩子的脑袋上顶着一只布袋，没头苍蝇似的在原地转来转去，嘴里嚷嚷着："我的头呢？我是个没有头的乞丐！"他身边的孩子正在紧紧闭着眼睛乱走，差点儿就和他撞到了一起，其他的孩子哄堂大笑："他是个瞎了眼睛的乞丐！"这时，旁边又蹦过来了一个孩子，他单脚在地上跳着，大喊："我可不一样，我是个只有一条腿的乞丐！"孩子们七嘴八舌的，争相表示自己是最可怜的乞丐，他们互相指点，紧接着又一起哈哈大笑了起来。

"嗝嗝嗝——"

就在这个时候，小银一头冲进了孩子们的游戏里，它围着孩子们打转儿，不断试探着用脑袋拱一拱孩子们的手，显然也想参与他们的游戏。很多孩子都笑了起来，他们都是一些活泼友善的孩子，对他们而言，小银也是他们的玩伴。孩子们笑嘻嘻地和小银打招呼，有些调皮的孩子还会轻轻拍拍它的头，拽拽它的尾巴，小银摇头晃脑地打个响鼻儿，它也知道孩子们是在跟它闹着玩哩。等到玩够了，小银就迈着慢悠悠的步子走回了我的身边。

不一会儿，孩子们玩腻了乞丐游戏，他们说遍了所有能说的花样，实在不知道该说什么了，只好面面相觑，安静了下来。就在这个时候，忽然有一个孩子嚷嚷道："你们都不知道，我爸爸有一块宝贝手表呢！那块手表的表盘亮晶晶的，既能指示时间，又能照出人影儿！我爸爸说了，一般人可没有这种了不起的手表！"

"这算什么，我见过的手表多着呢！"另一个孩子不屑地说，"你没到我家里去过吧？我爸爸养着一匹高头大马呢！每当他骑着马出门的时候，别提有多威风啦！"

"你们还没见过最厉害的呢！"又一个孩子也参与了这个游戏，"我爸爸有一把猎枪！那可是一把真正的枪啊，只需要一颗子弹，咻——"

孩子们争先恐后地说了起来，添油加醋地形容着自己家的宝贝，谁也不愿意落在后面。我牵着小银慢慢向河边走去，听着他们的对话，忍不住微笑了起来。我不会上前对孩子们进行说教，因为他们有着世界上最澄澈、最天真的心灵，他们误以为攀比彼此的名贵物品就能带来快乐。然而，等他们再长大一些，他们就会明白，手表只能指示时间，并不能改变时间；骏马可以带着人们向前奔行；猎枪能够打死猎物，却不能解决饥荒，但是没有人能够知道自己的未来在哪里。

日　食

阴暗的天幕下吹起丝丝凉风，我们不由自主地瑟缩着脖子，将手塞进了衣服口袋里。明明刚刚太阳还发出灼人的日光，晒得人没一点儿精神，此刻却是阵阵凉风吹得我们浑身起鸡皮疙瘩。这感觉就好像在晴空万里的日子，从没有一丝遮挡的旷野突然走进了幽深的树林。母鸡们以为夜幕降临，于是纷纷回到了鸡舍。

我抬头望去，村子周边的田野不复刚才的五彩缤纷，所有的颜色都被紫黑色取代，远处的海边还能看到星星点点泛白的浪花，好像晴朗的冬夜天空中的点点星辰。我们站在屋顶的平台上，这里原本是白色的，但此刻因为没有光亮而变得晦暗不明。但是黑暗并没有影响我们嬉闹玩乐的心情。

因为日食，大地在短时间内突然陷入了黑暗，路上的行人也突然变得渺小，几乎快看不清了。我们用尽一切手段想要看到这百年难遇的天文奇观。于是有的人找来了在剧院看戏时用的双筒镜，有的人翻出了打猎时观察猎物的望远镜，有的人干脆拿两个酒瓶子充当望远镜使用，最奇怪的还是有人拿着两片看着像被浓烟熏黑的镜片挡在眼前。

露台、马厩的屋顶、阁楼的天窗处、门口的院子里，那些贴着各种颜色窗户纸的窗子边……所有一切你能想到的地方此时都变成了大家观赏日食的胜地。

就在刚才，太阳还在用它金色的光芒为人们展现大地的绚丽多彩；转眼间，它却消失了，仿佛变魔术一般迅速，连夕阳都还没来得及为白天和黑夜过渡。世界的纷繁一瞬间只剩下了寂寥的、萧索的、孤独无依的黑。

太阳的这个魔术不仅变走了自己，还把整个世界都变得暗淡了。就像把一块价值不菲的黄金变成了银，最后干脆变成一块毫无价值的、满是铜绿的废铜片。就像我们现在所在的村子一样，黑夜真是无聊透了，它将楼阁和山间小路都染上了一层凄凉的氛围，它们也同那些行人一样，变得渺小起来。

你要问我小银去哪儿了？瞧，它现在正站在自己的厩棚里呢。只不过昏黑的天色把它也变得渺小了。它那模糊的身影倒映在我眼中，带来些许陌生之感，此刻的小银好像变成了另外一头驴子了……

冷寂的夜

我和小银走在夜色之下，我们脚步匆匆，想要赶紧回到家里去。这个夜晚没有一丝云彩，皎洁的明月像一个大银盘一样悬挂在天空。我们的脚步声惊醒了沉睡的小草，月光下，不远处的灌丛中传来了窸窸窣窣的声音，抬眼望去，灌丛后面似乎是几只黑山羊的影子。

一个人听到了我们的脚步声，默默地把自己隐藏了起来。一棵高大无比的杏树不知被谁用篱笆围了一圈，银色的月光洒在洁白的杏花上，仿佛一树白雪沉甸甸地压在枝头。高大的树冠周围朦胧着一层薄雾，春三月的点点星芒被它全部遮挡住了。夜晚的空气寒冷湿润，细细一闻，似乎还夹杂着一股淡淡的清香，静谧的夜晚，幽深的山谷……一切都让人不由得生起一股寒意。

"小银，我感觉好冷啊……你冷不冷呢？"

小银似乎感觉到了我的害怕，它突然加快了速度，一下子跑到了前面的小溪里去了。潺潺的溪水映照着天上的明月，月亮的倒影却被小银一脚踩成了碎片。月影的碎片仿佛是散落在清凉溪水中的一片片白玫瑰花瓣。这些"花瓣"仿佛想要留住小银一般，紧紧地包住了它的脚踝。

但是小银的脚步并没有因此减缓，它依旧夹紧了自己臀，驮着我快速地跑到了山坡上。它那急切的样子，好像有人在追赶它一样。我们在坡顶看到了村子，一些还没睡的人家窗子里投射出一两点昏暗的灯光。我们走近村子的时候，冷峭的夜风中突然夹杂着一丝丝暖意。小银也感受到这种越来越温暖的气息，我们马上就要到家了……

美味的无花果

我最喜欢的水果就是无花果了，这种果子最适合在天冷的时候仔细品尝。想象一下，在晨雾弥漫的时候，摘下一颗冰凉的无花果，咬开外皮仔细感受那甘甜的味道，是一种怎样的享受啊！

喜欢吃无花果的不仅是我，还有罗西约和阿黛拉，就连小银也非常钟爱无花果的口感。这天一大早，我和朋友们悄悄地溜出家门碰了头，我们已经约定好，要带着小银一块儿去里卡吃无花果。

这里的无花果树都生长了很多年，树干高大粗壮，树皮呈深灰色，一根根树枝互相交错伸展，绿油油的树叶又宽又大，投下一片片阴凉的树荫。在日光的照耀下，无花果树闪耀着淡淡的光芒，放眼望去，枝叶间密密匝匝的果实沉甸甸地压着树梢，简直就是一座无花果的乐园！一看到这幅景象，我们就都忍不住了，纷纷向着果树的方向狂奔过去。

跑！快跑！我们谁也不愿落在后面，耽搁采摘、品尝无花果的乐趣。我们冲进了无花果果林，依然舍不得放慢脚步，我们争先恐后地跑着，寻找着最高大的一棵无花果树。我跑得最快，罗西约紧跟在我身后，我们最后停在了一棵高耸入云的无花果树下，面对面地喘着粗气，忍不住全都笑了起来。

"快摘果子吧，我真是等不及了！"我向罗西约催促着。她踮起了脚尖，摘下了树梢上的一枚无花果树叶。

"我……我快要累死了。"罗西约喘着粗气，胸脯随着气息而剧烈起伏着。

"等等我啊！我来了！"阿黛拉在我们身后大声嚷嚷着，她是个小胖子，远远没有我们跑得快，只能跌跌撞撞地跟在后面。我遥遥冲她挥了挥手，哈哈大笑起来。阿黛拉气得蹦了起来，从身边的无花果树上摘下来两颗青涩的小果子，冲我们砸了过来。我们一点儿也不怕，嘻嘻哈哈地与她对砸。

就在这个时候，小银也摇头晃脑地跑到了我们身边，眼巴巴地盯着我手里的无花果。我摘了几颗成熟的果子喂给了它，小银狼吞虎咽，不断亲昵地拱着我的手，期待能够得到更多果子。

"喂！小心无花果炮弹！"阿黛拉远远地向我们嚷道。

阿黛拉是个憨直可爱的小姑娘，尽管她经常闯祸，但我们还是非常喜欢她。她双手叉腰，大声喊了这么一句以后，就动手摘下好几颗无花果炮弹，向着我们扔了过来。

"啊！好疼啊！"我紧紧地捂着自己的脑门儿，一颗无花果炮弹正好砸中了我，果汁溅得到处都是，真是狼狈极了。

"别输给她！"罗西约拉起了我的手，"我帮你一起！你瞄准她的脑袋，我瞄准她的身子！"

我们很快达成了一致，雨点般的无花果炮弹向着阿黛拉砸了过去，阿黛拉抱着脑袋，被砸得连连尖叫。我们的攻势激烈，阿黛拉却没有一点儿认输的意思，她胡乱摘下无花果，向着我们没头没脑地扔过来，有的砸在我们的头上，有的砸在我们的衣服上。玩到最后，我们都笑得直不起腰。对我们而言，无花果不仅仅是一种可口的水果，更是我们友谊的见证。

不过，小银完全没有参与我们这场疯狂的游戏，它躲在一个角落，正在埋头苦吃呢。也不知道是谁扔的一颗无花果飞了过去，重重地砸在了小银身上。

小银吓了一跳，本能地嘶鸣起来，它茫然无措地抬起头来，望一望我，又望一望罗西约和阿黛拉。看到它这副傻乎乎的样子，我们都忍不住笑了起来。罗西约和阿黛拉也不再互相砸果子了，她们拿起手中的无花果，都向着小银扔了过来。

这可不行！我跳了起来。小银只是一头人畜无害的小毛驴，怎么能应对这样的无花果攻势呢？我跑到它身边，一手护着小银，一手捡起了身边的无花果，冲着罗西约和阿黛拉砸了过去。我们全都哈哈大笑，互相躲避着对方的攻击，正玩到兴头上的时候，却听到了远处传来的隐隐雷鸣声。

"别玩啦！别玩啦！快要下雨了，我们快找地方避雨吧！"阿黛拉叫道。

于是我们飞快地收拾了身边的无花果残骸，躲在树荫下，眼看着雨点噼里啪啦地砸在草地上，夹杂着雨丝的风儿向我们吹来，将一整天的疲累和炎热都一扫而空。我们三个人早就忘了刚才的战斗，挤挤挨挨地坐在一起，尽情呼吸着雨后的新鲜空气，这样的时刻实在是太美好了，以至于多年之后，我依然记得清清楚楚。

龙沙

除了无花果以外，小银最喜欢的食物就是金盏花了。因此，我时常带着它去小镇附近游玩，那儿附近的草坪上盛开着不少金盏花，我和小银都很喜欢在那里消磨时间。

"去吧，小银！尽情享受你的零食吧！"

我解开了小银脖子上的缰绳，小家伙撒着欢儿向那片金盏花草坪跑了过去。它把小脑袋埋进草丛里，深深地嗅闻着金盏花的香味儿，随即就迫不及待地大吃大嚼了起来。看到它这副贪婪而可爱的模样，我也忍不住笑了起来。我盘腿坐在了小银不远处的草坪上，打开书包，取出一本龙沙的诗集《奥菲欧》，沉浸到了诗歌的海洋里。

"你啊，我心上的人儿，你比玫瑰花更加娇艳动人。每到五月，你的芬芳就萦绕在我身边。这是一朵怎样的花儿啊？只有正值青春的少女才能与它相比！如果上帝将目光投向人间，一定也会看到你，我娇嫩的玫瑰花，我心上的人儿……"

读着读着，我不由得沉浸在这优美的韵律中，忘记了周围的一切，直到我听到身边响起鸟儿叽叽喳喳的清脆叫声。我抬头看去，发现一只可爱的鸟儿正拍着翅膀落在松树树枝上，摇头晃脑地唱着歌，似乎想要用它动人的鸣唱来为我的阅读伴奏。正午的阳光暖洋洋的，照得松树枝叶都泛起了金灿灿的光芒。

我钻到了松树的阴影之中，抬起头望去，这才发现原来松树枝叶里藏着不少鸟儿呢。它们探头探脑，不断扑扇着翅膀在松树的枝叶间欢蹦乱跳。它们自顾自地鸣唱着。暖融融的阳光之下，这嘈杂的叽叽喳喳似乎也汇成了一曲动人的合唱。我可爱的鸟儿们，我真想参与到你们中间，感受你们所感受到的快乐！

在这悠扬动听的旋律之中，我再一次捧起了书本，大声朗读起来："红、橙、黄、绿，那缤纷的色彩……"

刚读了这么一句，我就感觉到有个热乎乎的小脑袋拱着我的手，它用软乎乎的嘴唇轻轻地碰了碰我的脸颊，我似乎隐约能够闻到它嘴里残留的金盏花香。我抬头一瞧，小银不知什么时候凑到了我的身边，正在探头看着我手中的书本呢。噢，我的好朋友！你也被《奥菲欧》里的诗篇所吸引了吗？你也想跟我一起感受诗歌的韵律之美吗？太好了，就让我们一起读吧，我很乐意为你多读几遍。

"红、橙、黄、绿，那缤纷的色彩，笼罩在我们的生活之中。黎明将至，那是朝霞的泪水，浸润在天空这幅画板上。瞧啊，东方的颜色渲染开来了……"

刚读到这里，就听"叽叽喳喳、叽叽喳喳"，又有一只小鸟叫了起来！看来，鸟儿们一点儿都不懂诗歌的韵律，它们自顾自地沉浸在自己的歌声之中，似乎想要用它们轻灵的歌喉与《奥菲欧》的诗歌之韵较量一番，以此显示它们的歌唱无与伦比。然而，又有谁能责怪它们呢？

我和小银对视了一眼，忍不住笑了起来。于是，我合上了书，和小银一起静静聆听鸟儿的歌声，时光似乎也在这一刻慢了下来，让我的心中能够一点儿一点儿记录下与小银的这些无忧无虑的日子。

在未来的日子里，每每回首过往，我能想起不少类似此时此刻的幸福情境，它们宛如一颗颗光滑洁净的鹅卵石，静静躺在我回忆之河的河床上。每当我无意中想起它们，唇角就会浮起淡淡的微笑。

祷告

小银啊，你是不是也看见了我们周围正下着玫瑰花雨？这些玫瑰花与我们常见的不同，它们有蓝色、白色，还有我从未见过的透明色……

你快抬头看哪，天幕好像被什么击碎了，然后变成了玫瑰花瓣落了下来。我只在外面站了一小会儿，头上、肩膀上还有胳膊上都粘上了玫瑰花，我简直要被这些花瓣掩埋了。小银，你说这么多玫瑰花，我们可以拿来干什么呢？

我其实也不知道这些花瓣是从哪儿来的，你知道吗？也许你是知道的吧。我只知道，繁花装饰着大地。有了这些花儿的点缀，大地才变得这么美丽。大地上的花儿也是多姿多彩的，它们有娇嫩的粉色，纯洁的白色和亮眼的蓝色……就像现在天空落下的玫瑰花雨一样，绚丽多姿。

我记得世界上有一个画家，他常常是以跪姿画天空，仿佛是在虔诚地膜拜天空的美丽，并将其绘在纸上。他最出名的一幅作品叫作《昼》，那幅画中的天空仿佛就是现在这样的。小银，你知道吗？那个画家的名字叫作弗拉·安吉利科。

很多人认为这些玫瑰花都是仙子们站在天堂的七色彩虹桥上撒下来的，它们轻盈得像雪花一样，很快就覆盖了屋顶、山巅、树梢……它们像一只只彩蝶，在空中飞舞着。

小银，你快看哪！这些玫瑰花真的有雪一般的魔力，就像洁白的大雪掩盖了大地的一切脏污那样，这些娇柔的花瓣将大地上的一切利器都变得柔和了。我们需要这样能够软化一切坚硬、冷漠的玫瑰，越多越好，越多越好……

小银，你听！祈祷的钟声敲响了……你发现了吗？每当这样的钟声响起的时候，生命原本的能量仿佛一下子随着钟声的回音远去、消散……取而代之的是一种从每个人的心中萌芽生长出来的力量。这样的力量是那样的强大，以至于一出现便能统领一切。

这股力量就像来自地底的喷泉，一旦有一个宣泄的口子，它便迫不及待地喷涌出来，直达天际。它比雪花更纯洁、比钢铁更坚韧，胜过所有忠贞的誓言。你看到了吗？这股强大的力量已经穿越了不断飘落的玫瑰花雨，触摸到了天上的星星。

小银，或许你永远不会知道，你那双闪亮的眼睛抬头看天的时候，它们也变成了两朵娇艳无比的玫瑰花。

第二章

与死亡有关的思考

未知的后事

在小银的陪伴下，我的生活变得越来越丰富多彩，但有时候，一些令人难过的事总是那样猝不及防。

就拿今天来说，我觉得非常不好受。一向健康活泼的小银病倒了，它蜷缩成一团，紧紧闭着眼睛，不时微微发抖，似乎在承受着巨大的痛苦。即使我时刻不离地守在它身旁，给它喂水喂食物，它依然无精打采，一点儿力气都没有。我急得绕着它转来转去，不知道该怎么办才好，心里甚至想着：上帝啊，为什么我不能代替小银承受病痛呢？我凑在小银身边，轻轻抚摸着它的小脑袋，悄声和它说话，我想要给它安慰和鼓励，这也是我目前唯一能够为它做的了。

我曾经听爸爸妈妈说过，无论是人还是其他动物，都有老去的一天。衰老和死亡对所有的生命都是公平的，终有一天，我们的心脏会停止跳动，我们的身躯会深埋于黄土里，我们的意识会消散在虚空之中。每每想到这件事，深深的恐惧感就会紧紧攥住我的心脏。然而，我不能在小银面前流露出一丝一毫的痛苦，我应当保护它，应当安慰它。

迟早有一天，我们会迎来死亡，但是亲爱的小银，你不用害怕，即使你走到了生命的终点，我也一定会忠诚地陪伴在你的身边。我不会允许任何人带走你的遗体，不会让你被浸入海水之中，不会让你被摔到山涧底下。我知道，深深的山涧里有不少马、驴子和狗的尸体，它们大多数都是死在野外的，乌鸦和秃鹫分食了它们的肉，只剩下残缺不全的骨头。许多年以后，当人们意外来到山涧底下时，或许会围着它们的骨头啧啧称奇。我不会让你遭受这样的命运。亲爱的小银，那些瘦骨嶙峋的动物死在山涧底下慢慢腐烂的过程实在是太可怕了，在野外疯玩的孩子们看到这些，或许还会大叫大嚷。一想起这些事情，我就觉得浑身发冷。

即使你走到了生命的终点，我也会让你有尊严地离开这个世界，亲爱的小银，尽管放心吧。你总是喜欢流连在果园里，用脑袋拱蹭那棵大松树，嗅闻空气中清新的花果香味。那么，我就将你的遗体安葬在那棵大松树下，好吗？如果你长眠于此，一定会在梦里闻到熟悉的花果清香。

我向你保证，亲爱的小银，你绝不会感到孤苦无依。我会将你的故事告诉所有的孩子，他们会来到松树边，给你唱歌，对你说话。男孩子们爬树逗鸟儿，荡秋千；女孩子们则围着大树坐成一圈儿，做针线活儿，绣手绢儿，叽叽喳喳地说话。你一定会喜欢这样的氛围吧？一想到这样的情景，我就感到幸福极了。

放心吧，小银，我也会经常来看望你的，我会带着我的书，为你朗诵你最喜欢的诗篇。

"橘子林的深处传来了悠扬的歌声，是谁在唱呀？原来是正值青春的姑娘们正在洗衣呢！她们一边洗衣一边歌唱，水车吱吱呀呀地响着，一只接一只的鸟儿悄然落在枝头上，叽叽喳喳，婉转啼鸣。"

"我漫步在青翠茂密的林子里，聆听着这轻快动人的歌声，这是一场怎样的音乐盛宴啊！亲爱的小银，你也会像我一样享受这场音乐盛宴的吧？这样的生活是你所喜欢的吗？"

我一天又一天地守在小银身边，而小银则用温柔的蹭弄和呜咽声回应着我。小银生病的这段日子对我们来说非常难熬，所幸我们彼此陪伴，彼此安慰，咬牙熬了过去。

一根刺

幸好，痛苦的日子总是短暂的。在我的细心护理下，小银一天一天地恢复了健康。当我再次看到它在阳光下大声嘶鸣，在草坪上撒欢儿奔跑的时候，心中有着难以形容的快乐。

这天清晨，我照例去牧场散步，小银紧紧地跟在我身后，一分一秒也舍不得离开我。太阳渐渐升高了，阳光暖烘烘的，我打了个哈欠，有点儿想打瞌睡。要是能躺在草坪上舒舒服服打个盹儿，该有多好呀！我忍不住胡思乱想了起来。

仅仅过了一小会儿，温暖的阳光就不断升温，热辣辣地照在我们身上，我的额角沁出了汗珠，浑身又黏又热，频频伸手遮挡太阳。

　　"这倒霉天气！"我抱怨道，"小银，快走呀，你怎么慢吞吞的？"

　　我连连催促，小银却总是迈不开步子，最后它索性摇摇晃晃地停在了路边，抬起一只蹄子悬在半空中，委屈巴巴地注视着我。

　　"发生了什么事，小银？快让我看看吧。"我这才察觉到不对劲，蹲下身子仔细检查着小银的蹄子。小银低下脑袋温柔地蹭了蹭我，发出了低低的呜咽声。

　　这一看可不得了！不知道什么时候，小银踩到了一根又长又尖的橘树刺，怪不得它没办法走快呢！蹄子上扎着这样尖锐的一根刺，走起路来肯定非常疼吧！我小心翼翼地抚摸着小银的伤口，心里也像针扎似的疼了起来。想起自己刚才催促小银、责怪小银的模样，深深的愧疚之情立刻淹没了我，我怎么能这样对待它呢？我实在不算是一个称职的朋友啊！

　　当务之急就是立刻帮小银拔出蹄子上的刺！我思索了一下老兽医达尔翁先生以往教给我的知识，当即动手忙活了起来。我并不是一位专业兽医，但我相信，哪怕现在请来一位真正的兽医，他也不会像我这么小心细致地工作。我趴在地上，打起了十二分精神，一点儿一点儿帮小银拔出了那根刺。小银乖乖地站在我身边，一动也没有动。

　　"别担心，小银！"我对它说，"现在，让我们去河边仔细清洗一下你的蹄子吧！"

　　小银跟在我身后，一瘸一拐地穿过小河边的黄色百合花丛，走到了河岸边。我蹲下身子，捧着小银那只受伤的蹄子，仔仔细细用清澈的河水将伤口清洗干净，这样总算能放心了。

结束了这一切，我带着小银向海边走去。受了伤的小银走得很慢，我也刻意放慢了脚步，陪着它缓步前行。小银毕竟是个性格活泼的小家伙，受伤导致的情绪低落只持续了短短一段时间，没过一会儿，它就再次兴高采烈地撒起了欢儿。

不幸的燕子

今年的春天来得太早了，寒冬还没来得及离去，它就早早地到来了。小银，我想春天肯定不知道，它来得太早可没有人欢迎它，相反还酿成了一系列惨剧。不信你抬头看，在那里——那尊高贵的女神雕像上有一个灰色的鸟巢，里面有一只黑色的小东西。

小银，我想你肯定认出来了，它是一只燕子。不过看样子它此刻一点儿也不好，甚至可以说有点儿不幸，向来受人敬仰的女神像此刻也无法帮助它了。小银，你看它瑟缩在那里，似乎是受到了巨大的惊吓。唉，这个不幸的鸟儿！我想它肯定和日食那天的母鸡一样，因为大地突然变暗误以为天黑了，于是匆匆忙忙回到了鸡舍。这只小燕子在感受到一缕过早的春风时，也误以为这里已经春暖花开，于是早早地就回来了。然而迎接它的，却是刺骨的寒冷。

暖春来了不久就被寒风逼退了，于是除了这只可怜的燕子外，那些记错了时间的花儿也被寒风肆虐了一番。你看那片橘树林，那些稚嫩的花苞还来不及一展笑颜就因为受不了寒冷而夭折了。橘园的主人看到这样的景象肯定满面愁容。

小银，你知道吗？其实，大批的燕子已经从非洲赶回来了，但是这样的寒冷把它们冻得都不愿意出来和人们打招呼了。小银，你记得吗？往年燕子回来的时候经常伴随着欢喜的鸣叫，它们就像一群话痨，见到谁都忍不住打招呼。它们会相互畅谈自己归途的见闻，会和这里的花儿讲述非洲的奇闻轶事。它们一年一度的长途旅行总能积攒不少话题。之前有一只燕子详细地讲述了它在穿越汪洋大海时，因为体力不支，不得已落在水面上，撑起一边翅膀做成风帆，身体随之变成了一叶扁舟。另一只聪明的燕子利落地站在桅杆上，搭乘海上的轮船，这可为它节省了不少体力。还有的燕子讲述了那些与初阳、夕照以及满天星辰一起度过的日日夜夜。

可是现在，被早春误导的燕子们回来后，遭到了苟延残喘的寒冬迎头痛击，一下子把它们打得不知所措。它们像无头苍蝇一样在灰蒙蒙的天空中盘旋。此刻的它们让我想起一队训练有素、满载而归的蚂蚁，在回到蚂蚁窝的路上遇到了一群调皮的孩子。他们用枯枝、泥巴打乱了它们的行程，于是它们只能慌手慌脚地四处逃窜。

寒冷让这些好动的燕子们胆怯了，它们现在只能缩在巢窠里，保存着身上为数不多的余温。街上再也见不到它们欢脱的身影；见不到它们在低空中大胆炫耀它们的花式飞行技巧；没有这些邮差出来报告春信，冬天就等于一直没有过去……

小银啊！你说这些巢穴里的小燕子还能挨住几天的北风？那些找不到巢穴的小可怜们，是不是只能在电线杆上绝望地感受着自己的体温一点点流失？

驴棚

在小银的蹄子受伤以后，我小心地帮助它护理伤口，没过几天，小银就渐渐恢复了。

这天午后，我照例去驴棚和小银说话，远远就看见它在棚子里不断打转儿呢。午后的阳光暖洋洋的，透过驴棚顶端的破洞照在它的身上，它那一身银色的皮毛仿佛也泛起了光芒。小银垂下脑袋，好奇地打量着地面上那一块块碎金般的日光影子，不断用蹄子去踩，又蹦又跳，玩得高兴极了。

白毛小狗迪亚娜本来在驴棚角落酣然熟睡，小银跳来跳去，一不小心就吵醒了它。迪亚娜懒洋洋地站起身来，晃了晃尾巴，向着我的方向走了过来。

"噢，迪亚娜，我的老朋友！"我兴高采烈地冲它打招呼，蹲下身来轻轻地抚摸它的脑袋，而迪亚娜也向我致以热情回应。它钻进了我的怀里，亲昵地蹭着我的手，还伸出舌头想要舔我。

"好啦，好啦。小家伙，别舔喔！"我被迪亚娜拱得坐到了地上，忍不住笑了起来。就在这时，我听到不远处响起脚步声，我抬头一看，原来是老山羊探头探脑地走了过来。它原本正在食槽旁享用午饭，大概是被我们的嬉笑声吸引过来的吧。老山羊歪着脑袋瞧了瞧我，又奇怪地瞧了瞧迪亚娜，大概是不明白我们在玩什么游戏。看到它这副傻乎乎的模样，我忍不住跳起身来，抱住了老山羊，将它也拉进了我们的游戏中。

这下，小银可着急了。它绕着几只动物走来走去，不满地打着响鼻儿。原来是因为其他动物分走了我的注意力，小银感觉到自己受了冷落！只不过，它脖子上系着缰绳，无法离开驴棚，只能焦躁地冲我一边嘶鸣，一边踢踏着蹄子。

"来了，来了，小银！"我笑着安慰它，走上前去解开了它脖子上的缰绳。小银一头撞进了我的怀里，发出撒娇似的哼唧声，仿佛是在埋怨我来得太晚。是啊，小银守在驴棚里等了我整整一天呢！它总是能分辨出我的脚步声，能嗅到我身上的味道。我刚踏进驴棚时，它就已经迫不及待了。我摘下了它身上的缰绳，轻轻抚摸着它的小脑袋，与它低声交谈。

阳光逐渐炽烈了起来，透过天窗上的彩色玻璃，照出了五光十色的光芒。我仰头观赏这变化各异的美丽光线，发出了轻轻的惊呼声。沐浴在这样的美丽光线下，会是一种怎样的感受呢？说干就干，我架起梯子，爬上棚顶，打开天窗，小心翼翼地爬了出去。站在驴棚的棚顶上，我看到了全然不同的景色。

对面的房子

说起我家对面那栋房子，不少故事都是与它相关的。当我还是个孩子的时候，从窗口看出去，正好能看到那栋房子的侧面。我经常会漫无边际地想，住在那栋房子里会是怎样的感觉呢？出于好奇，我向爸爸妈妈询问过那栋房子的主人，他们告诉我，住在那里的是阿雷布拉大叔一家人，他们夫妻俩为了维持生计，每天早早地就去维拉街卖饮料了，只有他们的女儿在家。

小银，我们小时候很多的快乐时光与那栋房子有关，你还记得吗？那间小院的院门开向南边，每当太阳升起来，小院里就被照得金灿灿的，别提有多暖和啦。每当我被这片风景吸引过去，在院门外小心翼翼地探头探脑的时候，阿雷布拉大叔的女儿就会在窗口向我温柔招手："快进来吧，孩子！"

我非常喜欢和阿雷布拉大叔的女儿在一起玩，她很爱笑，常常拿出各种各样的水果来招待我，她也很愿意陪着我一起玩，"可爱的小家伙，我们今天玩什么游戏呢？"她总是会这样说。

她实在是个很会照顾人的温柔姑娘，不知不觉间，我几乎把她当成了我的另一个母亲。其实，她的年纪还很轻呢，只是个比我大不了几岁的小姐姐。很多年后的我已经长大成人，而她也即将出嫁，我还专程去看望她，祝福她的婚姻美满。

时间一年又一年地过去，我们这片街道也发生了翻天覆地的变化。

街道的名字被更改成了卡诺瓦斯街，没过多久，又被冠上了胡安·佩雷斯修士的名字。阿雷布拉大叔一家人也搬走了，何塞先生买下了那栋房子，带着全家人住了进去。

何塞先生和我们一家人也相处得非常不错。他来自塞维利亚，在那里经营着一家很大的糖果商店，家境优渥。当我还是个孩子的时候，我很羡慕何塞先生的儿女们，因为他们总是能穿漂亮柔韧的小羊皮靴子，在他们家院子里金灿灿的阳光下走来走去，实在威风得不得了。我有时候会想，自己什么时候能穿上这么好看的鞋子在伙伴们中间威风一次。我经常去他们家做客，有时心怀艳羡地看看他们的漂亮皮靴，有时则观赏他们的院落和装饰。何塞先生一家入住前将房子重新装修了一遍，出入房间时，能看见房门上用蓝色颜料绘制着形态各异的金丝鸟，线条流畅，颜色绚丽。何塞先生一家人还在院子里摆放了许多龙舌兰，将鸡蛋壳作为植物的肥料，没多久，那些植物就生长得欣欣向荣了。

有时候，何塞先生也会上门拜访我的父母，我父亲经常陪着他聊很久的天。有一次我听到了他们的谈话内容。

"那可是一片了不起的橄榄园啊！"何塞先生一边说一边摇头，神情显得沮丧极了，"我敢保证，你们都没有见过那么多生长繁茂的橄榄树！当我拥有那片橄榄园的时候，我真算得上是一个富翁了！可是现在呢？橄榄园没了，我也一无所有……"

说着说着，何塞先生的情绪更激动了，他双手抱头，发出了低低的呜咽声。我父亲连忙站起身来，轻轻地拍着他的后背安慰他。每次何塞先生向父亲抱怨的时候，父亲总是很有耐心地听他吐完苦水，甚

至如果他有需要的话，父亲还会尽自己所能帮助他。

我悄悄地溜到了二楼阳台，远远地看着交谈中的何塞先生和父亲，没过一会儿，我就失去了耐心，转而打量何塞先生的胡椒树。那可真是一棵枝繁叶茂的胡椒树啊！更特别的是，它生长在屋顶上的泥土间隙里。靠着屋顶缝隙里的那些有限的营养，它却长得那样旺盛，现在它已经恰好和我家二楼平齐了。如果我从窗子里探出头去，甚至能逗一逗树顶鸟巢里的小麻雀呢。

何塞先生种植的胡椒树不止这一棵，不过，另外那棵胡椒树就没有这么特别了，它规规矩矩地生长在院子里。

从此以后，那座小院落、那栋房子、房子的主人，以及他们种植的各色植物，都深深地烙在了我的脑袋里。每当我回忆故乡，总是会想起那间小院。有时候我还会梦到何塞先生的胡椒树呢，一棵生长在院子里，一棵生长在房顶上，还有叽叽喳喳飞来飞去的小麻雀，我全都记得清清楚楚。

我也不明白自己为什么这样偏爱那栋房子，它并没有多少稀奇之处，可我就是无法从它身上挪开目光。无论是阳光明媚还是风雨交加，无论是粉刷一新还是陈旧不堪，它都有着别样的魅力。每个睡不着觉的夜晚，我就会从窗口探出脑袋，眺望着对面的房子，有些时候我甚至会一路小跑，跑到院门外仰视着这栋房子。对我而言，它始终是我的一个不会说话的儿时玩伴，也是陪伴我度过低谷的港湾。即使我早已长大成人，漂泊四海，它也依然沉默地伫立在我的记忆深处，久久地守候着我。它也是我挚爱的朋友，就和小银一样。

庭院里的树

我依然记得我家庭院里的那棵树！那是一棵相当漂亮的槐树，叶子绿油油的，生机勃勃，陪伴我们度过了许多美好的日子。最重要的是，那棵槐树是我种的，是我亲手种植的第一棵树！我经常带着小银去那棵树边嬉戏玩耍。我多么希望，小银也能像我一样喜欢那棵树呀。

春去秋来，随着时间的推移，那棵槐树一天天长大了，生长得越来越茂盛，枝叶投下的绿荫已经能让我和小银都在树下睡个舒服的午觉了。一觉醒来已经到了太阳偏西的时候，阳光穿过绿叶缝隙洒下来，在地面上形成一块块的光点。

尽管我已经有许多年没有回到故乡了，但是我最喜欢的地方依然是我童年时住过的那间小院子。我记得那些与槐树为伴的日子，我每天在树下看书读诗。那棵亲爱的大槐树啊，它听过我多少奇思妙想的诗句啊！

快看，小银，难道你不觉得这棵大槐树实在是非常漂亮吗？日光下的枝叶显得绿油油、金灿灿的，无论是黄金还是翠玉都无法与之相比！微风吹来，枝叶簌簌摇动，这是怎样的一幅美景图画啊！每当我坐在树下看书时，都觉得自己置身于画中。这样的氛围会带给我无限的文思，每当闭上眼睛，我心中就会浮现数不清的诗句。这是怎样的一种奇妙感受啊，小银！

啊，亲爱的大槐树，我的老朋友，我可真是想念你！

现在，原本住在院子里的人们早已搬迁离开，偌大的院子里只剩下了这一棵树。当年我种下它的时候，它还是一棵不起眼的小树苗，而现在，它已经长成了几人才能合抱的参天大树。如果我走到它的面前，不知道它还会不会簌簌摇动枝叶，向我打招呼。小银，你是怎么看的呢？

我久久地凝望着面前这棵大槐树，时间是一个能够将万事万物改头换面的魔术师，经过这么长的时间，我已经认不出面前的这棵树了。这还是我最热爱的那棵大槐树吗？它和我记忆里的模样已经不相像了。我小时候躺在树荫下所看到的枝叶，似乎并不是眼前这茂盛的枝叶。就在这一刻，陌生感和孤独感涌上了我的心头，我轻轻抚摸着这棵槐树的树皮，心中却没有一丝一毫的熟悉感。不，这并不是我所熟悉的那棵大槐树！我在心里这样说。

其实，我一清二楚，这棵大槐树坐落在我童年时住过的小院子里，它一定就是我当初亲手种下的那棵树。然而，我们面面相觑，都已经不认得彼此了。一想到这一点，我就感到难过极了。当我孤身一人在外漂泊的时候，曾经无数次回忆起这棵树，我一遍又一遍地怀念我在树下嬉戏的那些日子，但是当我真正看到这棵树时，却无论如何也不敢相信它就是我深爱的那棵树。这是一件多么荒谬又令人悲伤的事情啊！

我想，我与这棵大槐树之间的缘分到此为止了，亲爱的小银。也许，当我下一次回到故乡的时候，我就不会再来看望它了。

等到夕阳再一次西斜落下的时候，我不会再躺在树荫下，弹奏着竖琴与它送别；等到我再一次高声朗诵诗篇的时候，也不再是大槐树枝叶的窸窣声带给我的灵感；曾几何时，与这棵大槐树相伴能够让我感到心情平和，枝叶拂动的声音能够驱散我的忧愁。然而，那些平静安详的日子已经离我远去了，我现在徘徊在这棵大槐树下，我心中只有无限的悲伤与哀愁。

算了吧，我应当离去了。跟我一起走吧，我亲爱的小银，我们应当踏上全新的征程了。在这个世界上，我们不仅应当远离烟酒和赌博，还应当远离那些令人伤神的回忆。现在，就是我们动身的时候了！

傻孩子

我很喜欢外出逛街，小银也一样，我们花了不少时间在附近的大街小巷游荡，我们记住了大大小小每一条街上的特色。因此，要说谁最了解这里的风土人情，一定就是我们两个了！我能够对周围的小吃如数家珍，如果玩累了想要休息，我甚至知道哪里能够找到歇脚的长椅。

那一天，我像以往一样和小银外出逛街，碰巧遇见了那个兴高采烈的傻孩子。

这不是我头一次遇见他，但是，我一直不清楚他的真实姓名。他家大概住在圣何塞大街上，因为我总在那条大街上遇到他。此时，他坐在一只小板凳上，笑眯眯的，眼睛跟着过路的人转来转去。即使人们从来都不理睬他，不跟他说话，他也一点儿都不在意。他没有朋友，没有地方可去，而他从来不会显露出一丁点儿难过的模样，总是那么兴高采烈地呵呵笑着。似乎在他的世界里，没有什么事情值得忧愁伤心，尽管总是孤身一人，他也能微笑着享受孤独。

"这孩子，脑子有点儿问题！"我向路过的行人打听那个孩子的事情，他们总是这样冷漠地回应我。

或许吧，或许他的智商是比不上同龄的孩子。可是，在他母亲的眼中，他一定是世界上最单纯最可爱的孩子，没有任何一个孩子能够比得上他。

这天，当我和小银匆匆结束旅程，打算回家的时候，周围忽然刮起了强劲的大风。我被大风吹得连脚步都不稳了，只能勉强攥紧了小银的缰绳，一步步费劲地向前挪去。不知走了多久，我无意中看到了圣何塞大街的指示标牌，才忽然想起，这里应该是傻孩子家附近了，那么，傻孩子去哪儿了呢？过去每一次我拜访圣何塞大街的时候，他都坐在这里呀！

傻孩子并不在这里，他常坐的那只小板凳也不见了。过去摆放小板凳的地方变成了一片空地，小鸟扑扇着翅膀飞了过去。

傻孩子去哪儿了呢？我一边攥着小银的缰绳向前挪步子，一边皱紧了眉头。风声呼啸，将鸟儿的清脆叫声也压了过去。我不由得想起库洛斯写过的一首抒情诗。库洛斯曾经失去了他的孩子，因此内心痛苦无比。然而时间并没有帮助他抚平伤痛，反而使他的那颗慈父之心伤痕累累。因此，他不得不向周围的一切求助。他向家人求助，向朋友求助，甚至向一只从加利西亚飞来的蝴蝶求助。他写道："金色的蝴蝶啊，请你发发善心，将我孩子的去向告诉我……"然而，蝴蝶也无法给他一个肯定的答案。

严寒的冬天渐渐结束，温暖的阳光带着花草重新降临在这片土地上。春天来了，我和小银再次拜访圣何塞大街，然而令我们感到难过的是，傻孩子依然没有出现。我实在很思念他，于是，我向周围的亲朋好友，向附近的过路人打听他的行踪，但是没有人能给我一个肯定的答案。他们说，傻孩子或许已经永远地离开了圣何塞大街，他或许已经永远地离开了这个世界。

此后的许多年里，我时常经过圣何塞大街，时常路过傻孩子经常坐着的那个路口，我时常会想起那个孩子。如果他还能坐在路口的小板凳上，满怀好奇地打量周围走过的路人，那该有多好啊！我肯定会为他带来一束芬芳动人的玫瑰花，让这娇嫩的花朵做他无声的朋友，因为花儿永远不会对他口出恶言。

夕阳下的风景

太阳又一次走到西边的山巅，此刻它像一颗宝塔上的明珠一般在高高的山巅散发着金色的光芒。不过没过多久，随着它一点点降落下去，山上的荆棘似乎划伤了它的身体，金色的光芒里逐渐出现了红色，直至最后太阳完全被染红了。

在这血色光芒的映照下，大地上的花草此刻也化身成了一簇簇火苗。宁静的大地片刻之间便成了一片火的海洋，在微风中摇曳着的大大小小的"火苗"将傍晚变得热闹了起来。小银，你仔细闻一闻，空气中是不是还有一股炽热、温润的味道？

这样的风景虽然在这里并不罕见，但依旧能够让人轻易便陶醉其中，一如此刻的我一般。小银默默地站在我身边，此时他那双黑曜石一般的眼珠也被火红色霞光映照成玫瑰红色。它一直是那样乖巧的，这时它的目光被一潭泛着橘红色的池塘吸引了，池塘边长着几株野蔷薇、紫罗兰和野玫瑰。此时它们也都变成了几簇小火苗。

小银走到池塘边，随即把嘴巴伸了进去。平静无波的湖水被小银的嘴巴触到时泛起了<u>丝丝涟漪</u>，接着这橘红色的"果汁"便被它吸入了喉咙。

这个地方离我们的村子不远，我和小银都非常熟悉。不过，此时此刻，血色的夕阳将这里换了一副面貌，一副我们都不熟悉的面貌。夕阳西下原本应是一番颓唐、衰败的景色，但是这样血色的光芒让大地都随之炽热起来，于是我的眼中，这样的夕阳，这样的晚霞更多的是壮美，是散尽最后一丝余晖也要燃遍大地的崇高。

曾有人说，我们有时会在不经意间发现一座古代皇宫的断壁残垣……短暂的黄昏在尽自己最大的能量拖延留在天际的时间，夜晚来临的脚步就这样被推迟了。此刻的黄昏，似乎定格了时间，变得那样深邃、神秘……

"小银！我们该回家去了……"

第三章 / 鸟雀和人们

鹦鹉

这天，我和小银出门去拜访一位医生朋友。这位朋友拥有一个漂亮的小花园，他带着我们欣赏那些他亲手种植的花花草草，正在我们玩得高兴时，我忽然听到一个古怪的声音传来："你好，你好！"

是谁在说话？我左右看了看，并没有看到其他的人啊！

看到我这副困惑的模样，我的朋友笑了起来。他指了指花园的角落："瞧！声音就是从那儿传来的！"

我们跟着朋友走了过去，这才看见花园角落的假山上站着一只威风凛凛的鹦鹉。它那鲜红的冠子，碧油油的羽毛，看起来可真是漂亮极了。小银从来没见过这种会说话的鸟儿，好奇地围着它转了一圈又一圈。我正想跟鹦鹉说说话，忽然听见不远处传来了急促的脚步声，一位年轻妇人匆匆跑了过来，远远地就冲我们挥手。

"医生先生！医生先生！"她慌慌张张地叫道，"我们遇上了急事！请您救救我们！"她的话音未落，小路上又跑来了一群孩子。他们身上的衣服都是破破烂烂的，小脸脏兮兮的，看起来非常狼狈。他们呼哧呼哧地喘着粗气，一个个都盯着我的医生朋友，露出了恳求的神色。

我的朋友连忙向着他们所在的方向走了过去，我也紧随其后。我们才走了没几步，就看见不远处又有几个人影狂奔了过来。他们跑步的姿势非常奇怪，仿佛是几个人重叠在一起。直到他们跑近了我才看明白，当中那个人是被周围的三四个农民半扶半抱地抬过来的，他双眼紧闭，浑身无力，实在是没法自己走路了。

"请您救救他，医生先生！"年轻妇人向我的朋友哀求道。我的朋友点了点头，当即走上前去，仔细检查患者的状况，同时询问周围的人究竟发生了什么事。抬着患者过来的农民们纷纷抢着回答。我在一边听着，好不容易才捋清了事情的经过。

原来，这个伤者是当地的猎人。他违背了当地的规章制度，偷偷前往多尼亚那禁区狩猎，然而猎枪意外走火，打伤了他自己的手臂——说实在的，这也是难免的事，毕竟他那把猎枪又老又破，甚至有些地方已经快要散架了，全凭几根草绳勉强捆紧。这居然还能算得上是一把猎枪？

猎人的同伴们讲完了前因后果，而这个时候，我的医生朋友也正好诊断完毕。他点了点头，对众人说道："别担心，只是皮肉伤，他的骨头没有受到损伤。"

在场的所有人都松了口气，就连受伤的猎人自己也是如此。他小口小口地抽着冷气，满脸都是后怕的神情，眼眶中盈满了泪水。我们想

要去拍拍他，对他说几句安慰的话，可是我们还没来得及开口，旁边的另一个声音就抢先了——"没事了，没事了！"这个声音用古怪的腔调说道，我们循声望去，原来是花园角落里的那只鹦鹉！我们都觉得这件事非常可笑，但是看到担架上微微喘气的猎人，又没有人能笑得出来了。

经过一番忙乱，不知不觉已经到了黄昏时分。海风吹来，空气中夹杂着潮湿的鱼腥味与松脂味，就连周围的花花草草所带来的芬芳也无法压制。鹦鹉扑扇着翅膀飞了过来，它绕着一棵丁香树飞了两圈，轻盈地落在树梢上，黑豆似的小眼睛若有所思地看着我们。它心里在想些什么？没人知道答案。

"好痛，好痛……"猎人又呜咽了起来。

"没事了，没事了！"鹦鹉放开喉咙，用古怪的腔调再次安慰他。

我的医生朋友很快带着药箱赶来了。他小心翼翼地给猎人的伤口敷药，一层层裹上纱布包扎好，猎人抖个不停，咕咕哝哝地叫疼，而鹦鹉则在旁边不停地安慰他。

"没事了，没事了……"

这实在是难得一见的场景，通常来说是会令人发笑的，可是不知道为什么，我一点儿也不想笑，甚至感动得有些想要落泪。

回 家 的 路

我和小银这次在山林里找到了很多野菜，我们都开心得忘记了时间，直到太阳西垂的时候，我们才意识到该回家了。于是我将一大包野薄荷捆在小银背上，我的手里则拿着一束开得正艳的黄色野百合。

我们走出林子的时候，四月黄昏的金色光芒已经被镀上了一层银色，远远看去，就像点缀在黄百合花瓣最外围的那层渐变的白，把夕阳映衬得更灿烂了。不过没多久，这抹灿烂的阳光就消失了，黑夜前的天幕就像一颗深蓝色的宝石，随着夜色降临，天空又慢慢变为一块莹润的青玉，我原本因满载而归而喜悦的心情突然就蒙上了一层伤感的荫翳。

我和小银走到小镇边的山坡，站在坡顶，看到了小镇的钟楼顶闪烁着星芒，这一抹光辉仿佛海岸边的灯塔，为归家的孩子指引方向。于是苍凉的暮色瞬间又因这钟楼的光而变得庄严、纯净起来。我和小银慢慢地朝着钟楼的方向走去。随着我们的距离越来越近，这座钟楼在我的眼里变成了那座矗立于塞维利亚的大教堂。

每到春天的时候，我对塞维利亚那座城市的思念之情都会陡然变得十分浓烈，小镇的这座钟楼让我看到了塞维利亚的一点影子，我的思念似乎在此刻也得到了些许安慰。

是时候回去了吧？但是，我应该回到哪里去呢？我内心的真正归属应该在哪里呢？……夜色渐浓，回去的路已经完全被黑暗淹没，在这样漆黑的环境中，我手里的百合花散发出浓烈的幽香。这是在白天完全感受不到的香味，原来，它们在夜晚的时候，就是通过这样的方式让人迷醉其中。

"我的灵魂就像这黑暗中的百合花一样！"我自言自语地说。这时，我才猛然发现，小银一直默默地驮着我，但我被百合的幽香带入了内心世界，竟然忘记了它的存在。或者可以说，小银在我的心中早就和我是一体的了。

屋顶的露台

小银，我想你长这么大，唯一没有和我一起玩耍过的地方就是屋顶上的一方露台了吧。小银，你知道吗？家里的小房子其实沉闷无比，没有充足的光线，没有开阔的空间，要是一整天都闷在那里，简直是无聊透顶。

好在爬过那逼仄漆黑的木质小楼梯之后便可以通往屋顶的露台，你或许永远不会感受到从一个昏黑狭窄的地方突然来到一处阳光明媚、开阔无比的天地，心情会变得多么舒畅！你会清晰地感受到胸中的压抑一下子找到了宣泄口，随后，自然的、清新的空气一下子就涌入了肺里。温暖的阳光将你的全身包裹了起来，将身上沾染的、来自狭窄的黑暗处的阴霾全部驱逐干净。

每当我站在这方露台之上时，总觉得自己又和那湛蓝澄澈的天空挨近了很多。那些被涂满白石灰的地砖在阳光之下变得十分炫目。小银，你也知道的吧，在地砖上涂抹了石灰之后，雨水汇流到蓄水池的时候能够得到净化。

站在露台上，除了能让心情舒畅之外，视野也变得开阔了许多。小银，你听到了吗？教堂的钟声又一次响起，不过在露台上，这一声声浑厚、庄严的声音似乎是敲击在我的心房，连带着我的胸腔都跟着音波震动起来。眺望远处，能看到连片的葡萄园，要是你从这样的高处俯瞰阳光下的葡萄园，你肯定会疑惑：园中闪烁金色、银色光芒的是什么？傻小银，那是辛勤的工人在葡萄园里挥舞着的锄头闪出的光芒。

在露台上，还有一些奇妙的发现，比如小镇上大部分人家的露台都能一览无余；每个人都在院子里忙活着，修椅子的、刷漆的、箍木桶的……只有那些悠闲的牲畜们在畜棚里甩着尾巴，吃着草料。

小银，那几个大户人家的院子里还养着许多牛羊呢。院子里枝繁叶茂的大树将整片阴凉都洒在了畜棚那里，不敢想象，那些牛羊在这样的日光下悠闲地乘凉该是多么惬意呀！偶尔，我的目光会投向不远处的那片墓园，那是整个镇子上最肃然的地方了吧。灿烂的阳光似乎总是会遗忘那片地方，即便在这样的晴天，那里却始终萦绕着一股凄冷的气氛。时不时有送葬的队伍，静默地在那里举办葬礼。葬礼的程序很简单，也没几个人参加。如果不是在露台上看到的话，都会忘了小镇上不时有人去世的事实。

嘿！小银，那个窗子边，有个刚起床的女孩正在梳头，她的嘴里似乎还哼着不知名的小曲。河流的入海处停着许多船只，一只比较大的轮船似乎一直驶不进港口，不断在附近徘徊。粮仓那里有个人正在独自练习吹短号，他在吹奏过程中不断调试着……

此时，我幻想自己已经不是站在一座房子的露台上了，而是身处一个地下室，而我眼中的一切都是透过地下室唯一一扇天窗看到的。这一幕幕再普通不过的场景：嘈杂的谈话声、庭院里的花草……在我的眼里似乎在这一刻变成了无比奇异的景象。

小银，你知道吗？在这样的视角下，你还是那样调皮，你一会儿在逗引麻雀，一会儿在吓唬斑鸠，一会儿又跑去水槽里畅饮一番，但始终都没有看到我。

兽医达尔翁

小银曾经有过几次生病的经历，兽医达尔翁帮了我的忙，从此以后，我就和达尔翁成了好朋友。他是个威风凛凛的男子汉，大块头，一身的肌肉，两百多斤的体重，简直比一头公牛还结实！不管是谁，看到他都会感慨一声："瞧他，真是一条汉子！"达尔翁的脸膛总是赤红的，第一次看到他这副模样的时候，我还以为是因为他喝了酒呢！从外表上看，没人能猜得出达尔翁的实际年龄。后来他告诉我，他已经有六十多岁了。

达尔翁说话时的嗓音并不好听，嘶哑单调，像是一个破旧的音箱，只能发出几个固定的音调。有些时候，他无法清楚表达自己的意思，只能结结巴巴地说出几个破碎的字词，每说一个字，嘴巴就会漏风，他急得摩擦双手，拍着自己的大腿。在他过分激动的时候，甚至会喷溅出口水来，就算你忙不迭地拿出手帕来也没有用……不管怎么说，当这样的情况发生时，总是有些令人尴尬的。

和大多数老人一样，达尔翁的满口牙齿都掉光了。他只能费力地将面包掰成小块，或者撕成一条一条的，再放进嘴巴里，通过舌头和牙床的摩擦来勉强吞咽。达尔翁吃东西的速度非常慢，一块面包往往要很长时间才能吃完。当他吃面包的时候，他的胡须也会随着嘴巴动来动去，当胡须翘到鹰钩鼻上方的时候，可真是太有趣了！我总是会因为这一幕而笑得直不起腰。

达尔翁非常喜欢我。不，准确来说，他喜欢所有的孩子和动物。当达尔翁和孩子们玩耍的时候，孩子们会在他那庞大的身躯后站成一排，如果你从达尔翁正面看过去，肯定一个孩子也看不到！每当这种时候，达尔翁就会哈哈大笑，简直就像一个小朋友。达尔翁也非常喜欢小银，他并不把小银当成一头普通的驴子，而是将它看成我们的朋友。当达尔翁在路上遇到一朵普普通通的小花，或是一只普普通通的小鸟时，他都会喜出望外地跳起来，高兴地连连鼓掌，更夸张的是，有时他的眼睛里会泛起泪花。这就是达尔翁，一位善良、单纯而质朴的老兽医。

达尔翁大多数时候都是快快乐乐的，可他也有他的伤心事。每隔一段时间，他就会前往小镇边缘的古老公墓，他会为其中的某一座坟墓送去鲜花，低声地对它说话。每到这时，他的神色是黯然痛苦的。

"我的孩子啊，我可怜的女儿……"

我也是直到这个时候才知道，达尔翁的女儿已经去世很久了。

春天

小银，你有没有听过一首赞颂春天的民谣，它的歌词是这样的：

啊！无与伦比的美丽和芳香！

啊！草原展开了笑颜！

啊！黎明的音乐如此动听美妙！

清晨，第一缕阳光洒向大地的时候，我还流连于梦乡。突然一阵类似顽皮孩子般的嬉闹声突兀地闯进来打碎了我的美梦。我生气地起身，打开窗想要看看到底是谁。原来是一群顽皮的麻雀在树枝间玩闹，它们的小嘴巴总有说不完的话题。

小银，你知道的，我很容易被这样欢乐的场景感染，于是迫不及待地出了门，走进了果园。清晨的阳光穿过一棵棵果树照在地面，留下了一片片斑驳的光影，像一幅幅动人的水墨画，色彩单一却浓淡有致，意蕴无穷。

我不禁开始唱起了这首民谣，赞美这蔚蓝的天空、芬芳的空气。这个时候，鸟儿们似乎也被我勾起了唱歌的兴致，纷纷一展歌喉。于是清晨的果园，成为鸟儿们的音乐嘉年华。燕子低声呢喃，声音像夜色下流淌在山间的小溪，清亮动人。乌鸦站在一棵橘子树上，为了掩盖自己粗哑的嗓音，它转而吹起了口哨。黄鹂应该是本次音乐盛会的主角，它一开嗓便令人陶醉，悠扬的声音在林间回荡。一群白色的鸟儿在一棵高大的松树上大声欢呼喝彩。松树上嬉闹的顽皮小麻雀也纷纷来到这里，为占到一个有利的欣赏音乐的位置而争吵不休。

这个春日的早晨简直太美好了！太阳的金色光芒洒向大地，唤醒了万物生灵，缤纷的彩蝶是最善舞的，它们在哪儿，哪里就是舞台。你看花丛间、田野里还有泉水边，处处都是它们起舞的身影。大地也苏醒了过来，新一轮的生命即将在春日开启新的成长之旅。

小银，春天让大地变得多姿多彩，我们置身其中，仿佛站在一个巨大的、流着香甜的蜜糖的蜂巢之中，而这个蜂巢则被建在一朵娇艳的玫瑰花的花心上的。

水窖

最近的天气不好，雨水没完没了，我已经很久没有晒过太阳了。我等了好几天，好不容易等到了一个大雨暂歇的日子，连忙带着小银出门散步。我放开了缰绳，小银兴冲冲地绕着院子跑来跑去，过了一会儿又冲回我身边，用脑袋不停地拱我的手。

"你看到了什么呀，小银？"我忍不住笑了起来。

小银向我叫了一声，转头又跑进了院子里，它的蹄子踢踢踏踏地踩进了院子里的小水洼中。

咦？那是什么？跟随着小银的指引，我看到了一片亮晶晶的光芒，定睛一看，才明白过来，原来小银是在围着水窖撒欢儿呢。

水窖已经被灌满了，这全都是最近几场大雨的功劳。由于这个原因，水窖里已经不会发出回声了，我站在水窖旁边向里张望，深不见底。

这座水窖以前还不是这个样子呢。以前，水窖中积的水还不太多，每当日光强烈的时候，水窖顶端的玻璃窗就会折射出缤纷的彩色，水波荡漾，仿佛是水中沉浮着耀眼的各色钻石，别提有多漂亮啦。

我站在积满了水的水窖前，回想着过去的情景，不由得发起了呆。小银奇怪地看看我，又探头看看水窖，咬着我的袖子试图把我从水窖旁边拽走。它是在提醒我，我们的游戏时间到了。

不，小银，等一等，难道你不会因为这座水窖而感到好奇吗？我打赌，你一定不知道水窖里是怎样的，对不对？让我来告诉你吧，我还曾经悄悄溜进水窖里去玩儿呢。

那是几年前的事情了，水窖被爸爸妈妈舀干了，里头空空荡荡的。趁他们不注意的时候，我就借助梯子，小心翼翼地爬了下去。没办法，我实在对水窖感到太好奇了。我探头探脑地走进了水窖连接的坑道，昏暗的烛光只能照亮面前的一点点地方，前方的一切都隐藏在黑暗中，蒙着神秘的面纱。走着走着，一个黑色的影子猛然向我蹿了过来，我吓坏了，下意识退后几步，蜡烛的烛火在风中跳了几下，熄灭了，周围顿时陷入了可怕的黑暗与寂静。我站在原地，牙齿咯咯打战，一动都不敢动。就在这个时候，有什么黏糊糊、冰冰凉的东西，顺着我的手背爬上了我的胳膊。

"啊——！"

我大喊了起来，剧烈甩手，将那个恶心的小东西甩了出去，跌跌撞撞地跑出了水窖。当时我又慌张又害怕，想不出那个小东西会是什么，后来我才慢慢明白过来，那应该只是一条小娃娃鱼。

不过，那冰冷、黏腻的感觉一直留在我的回忆深处，每次想到这件事情，我还是会起一身的鸡皮疙瘩。

水窖和坑道并不是什么稀罕的东西，在我们村子里，几乎每户人家都会有。其中，小古城广场的水窖是最大的，那座水窖属于萨尔多·德·洛波一家人，不过，我家的水窖是最实用、最漂亮的。雪花大理石做的井栏通体雪白，不管是谁，即便他只是远远看到，都会赞叹一句。

除此以外，我还见过教堂和医院的水窖。沿着教堂水窖中连接的坑道往前走，可以一直走到彭塔莱斯的葡萄园，如果再走下去，甚至可以一直走到河边的那一大片庄稼地呢。至于医院里连接水窖的那条坑道，我并没有自己走过，周围的人告诉我，那条坑道非常长，里头黑漆漆的，没人知道它最终通向哪里。

我正在想着这些事情，忽然发现小银转了个方向，向着水窖走了过去。我连忙叫了起来："喂，小银，等等！你要去哪里呀？"

当我还是个孩子的时候，也曾经碰到过几次大暴雨。那时候，我被雷声惊醒，听着雨水噼里啪啦地响着，打在屋檐上、地上，流进水窖里，周围回荡着空洞的呜呜声，那是水窖吞下雨水的声音，却更像是什么人在悲伤地哭。我把脑袋蒙进被子里，忍不住也有些想哭。

好不容易熬过了夜晚，天一亮，我就连忙从床上爬起来，冲到水窖边，去看看昨晚积水的情况怎么样。如果水窖里积得满满当当，我们就会欢欣鼓舞，和小伙伴们互相击掌庆祝："瞧，水窖满了！多了不起啊！"

"等等，小银！"我拉住了小银脖子上的缰绳，转身找来了一只小水桶，"你口渴了，对不对？让我来帮你吧。"

我帮小银打了满满一桶水，虽然那只是个小桶，不够小银喝的，可是这又有什么关系呢？我会一直陪伴在小银身边，一直帮它打水呀！小银欢快地跑了过去，一脑袋扎进了水桶里，迫不及待地大口喝着水。我忍不住笑了起来，抬起头微微闭上了眼睛，感受院子里的温暖日光与微风……

水井

人类的先祖们啊，你们是如何创造出奇妙的水井的？你们为什么有信心相信，在地下深处藏着人们渴求的水，藏着我们的生命源泉呢？瞧啊，这黑漆漆的地洞深处居然会涌出清澈而甘甜的井水，这可真是一件不可思议的事情！小银，你明不明白这一切呢？

我们的水井边生长着一棵漂亮的无花果树，果树投下了一片绿荫，让我们在打水时都能舒舒服服。不过，不少人认为，水井边生长的无花果树对他们造成了妨碍，我真是不明白这一点。

我经常抓着井口往下探头，我很想知道黑漆漆的水井深处有什么，有时我还探手去摸摸，但是井壁上一片滑腻腻的，都是湿漉漉的青苔。

当光线明亮的时候，我能看到井壁上生长的兰花，尽管身处黑暗和潮湿的地方，它却依然在尽情绽放着自己的美丽，散发着幽幽的芳香。再往里看看，咦，那是什么？似乎是一个鸟巢，什么鸟儿会在这里筑巢呢？

如果还能沿着井壁往下爬，你就会发现，周围的温度变得越来越低，光线也变得越来越暗，仿佛是沿着一条纵列的走廊往前挪步。这条走廊的尽头是什么，难道你不好奇吗？让我告诉你吧，那是一座晶莹剔透的水晶宫！筑造宫墙的每一块材料都是晶亮昂贵的水晶呢。水晶宫沉在一片幽深宽广的湖水中，湖水映照着淡淡的绿色，微风吹过，水面泛起细小的涟漪，令人沉醉其中。但是如果你心怀恶意，想要随手扔几块石头破坏这里的安详，那么，湖水就要不客气了！它会愤怒地咆哮着，将滔天波浪卷向你所在的方向，张开血盆大口，一口将你吞到湖底。

沿着湖岸慢慢向前走去，你就能看到湖水尽头的天宇。

夜深了，周围一片宁静，月儿悄然升起，挂在深黑的天幕上。而这时，井水里也会浮上一轮月亮。如果你仔细看去，还能看到远远近近的星星呢。奇妙的水井啊，你的井水深处蕴含着多少秘密呢？我明白，那片水天一色的美丽景色是不足为外人道的，只有灵魂能够前往那里，听从内心的指引，穿过长廊，感受那井水深处的宁静。

不过，有些时候我也会胡思乱想。也许井水里会忽然冒出来一个虎背熊腰的巨人，手持法杖，夺走井水深处那座美丽的水晶宫，改变我们所有人的命运。仔细想想，这样的事情也不是不可能发生呢。

我一次又一次地流连在水井边，头脑里天马行空，想着各种各样有趣的事情。当我置身于水井边的时候，我就找到了一座供我尽情游玩的乐园，我能够采摘幻想中的鲜花，寻找幻想中的独角兽，在水井中的水晶宫里放心睡个午觉。

很多时候我都会感受到水井的召唤。或许在将来的某一天，我也会脑子一热，进入水井中。到了那个时候，亲爱的小银，你可不要慌乱伤心，因为我并不是要结束生命，而是要去瞧瞧我的老朋友——水井中的月儿与星星！尽管放心吧，我将会和它们度过愉快的日子。

小银没有注意听我说的话，它正在眼巴巴地探头看着水井。我猜，它肯定是口渴了。果然，小银将脑袋伸进了水井，大声嘶鸣了起来，这动静使井壁鸟巢里的小燕子吓了一跳，连忙扑扇着翅膀飞了出来，头也不回地溜走了。而小银呢，它满不在乎地晃着脑袋，又来拱着我的手撒娇了。

可怜的癞皮狗

这天中午，烈日炎炎，太阳将地面烤得火辣辣的，谁也不愿意出门。我无意中从窗口向外瞧了瞧，看见一只癞皮狗正拖着脚步从我的窗前经过。

这只癞皮狗经常出现在附近，它没有主人，也没有人愿意照顾它。它饿得只剩下皮包骨头，经常用哀求的眼神望着路过的人们，向他们低低哀叫。但是人们都嫌它长得丑陋，不但没有施舍一点儿食物，还抓起石块和木棍，作势要冲它砸过去。每到这种时候，癞皮狗就只好掉头跑开。

在流浪狗群中，这只可怜的癞皮狗也受尽了欺负。别的狗会争抢食物，互相打架，而癞皮狗实在是太瘦弱了，它打不过任何一条狗。当它走近的时候，其他的狗就会弓起身子威胁，冲它呜呜低吼，甚至有时会蹿上来咬它一口，而它除了逃跑，也没有其他的办法。

有一次，我在自家院子的角落里看到了这只癞皮狗。它可怜兮兮地缩在那里，哀求地冲着我小声叫着。我不忍心赶走它，便找了一些食物喂给它吃。癞皮狗仔仔细细地吃了个干净，并凑过来亲昵地碰了碰我的手。从此以后，我就和这只癞皮狗交上了朋友。每当它受到其他流浪狗的欺负，又累又饿，无处可去的时候，它就会悄悄溜进我家院子，寻求我的帮助。

我推开了窗子，想要跟窗外的癞皮狗朋友打个招呼，这时我才发现，癞皮狗身边还有我熟悉的小白狗迪亚娜呢。可是，癞皮狗为什么耷拉着脑袋，显得无精打采的？究竟发生了什么事？我觉得非常奇怪，当即就准备走出院子瞧一瞧。

然而，我刚刚关上窗子，就听到门口传来一声震耳欲聋的巨响。我不由得一哆嗦，三步并作两步冲出了房间。天啊，这究竟是怎么回事？不远处的看门人手中端着一杆猎枪，枪口还微微地冒着烟，而我的癞皮狗朋友呢，它满脸痛苦，正蜷缩成一团，不停地发抖。

我冲了过去，想要救治我的癞皮狗朋友，可它实在是伤得太重了，只能蜷缩在大槐树下微微喘息。它最后一次舔了舔我的手，永远地闭上了眼睛。

小银愣住了，它不敢置信地看了看我，又看了看蜷缩着的癞皮狗，小心翼翼地用脑袋蹭了蹭它，似乎等着癞皮狗跳起来再次跟它打招呼。然而，癞皮狗是真的死了，永远也没办法回应小银的友好了。小白狗迪亚娜也被枪声吓破了胆子，它蹿进了院子的角落里，连脑袋也不敢探出来。

端着猎枪的看门人也开始后悔自己的所作所为了，他扔下了那把猎枪，摇着头，叹着气，后悔不应该一时冲动开了枪，残忍杀害了这只无辜无害的小狗。我一动不动地蹲在那里，陪伴着我可怜的癞皮狗朋友走完最后一程。

微风吹过，天空中飘来一朵云，遮住了炽烈的日光。仿佛天空也为癞皮狗的离世感到悲伤，因此飘来白云，对它致以哀悼。但是癞皮狗再也不会知道这一切了，它孤零零地躺在那里，失去了所有知觉。再也没有路人和流浪狗可以欺负它了，然而，它也永远没办法在路上撒欢儿奔跑了。

风儿仍然一阵接一阵地吹着，这是一个宁静的午后，许多人都在享受他们的午休时光，除了我们以外，没人知道一只可怜的小癞皮狗在这里失去了生命，大概也没有人会关心这一切。但是我、小白狗迪亚娜、微风、云朵和周围的一棵棵桉树都会在这里陪伴着你的，亲爱的小癞皮狗。希望你能在天堂得到真正的宁静，在那里不会再受到人和动物的刁难，能够幸福快乐地生活。

麻雀

　　那是一个阴天的早上，在和小银出门的时候，我忍不住仰头看了看天空。此时的天幕不见一丝湛蓝，原本洁白的云朵此时也换上了一副灰白的冷峻面孔。它们紧紧地聚在一起，完全遮住了天空和太阳。随着云朵越聚越多，它们似乎被一股巨大的力量拉拽着，越来越低，朝着我所在的城市压来。显然马上就要迎来一个坏天气了。我朝周围看了看，附近的人家全都静悄悄的。我这才想起来，今天是圣地亚哥城做弥撒的日子，人们大概都去忙碌这件事了，只有我、小银和叽叽喳喳的麻雀们在无忧无虑地享受这一天。

　　唉，瞧瞧那些麻雀，我可真是羡慕它们啊！空中传来了隐隐的雷声，随后大滴大滴的雨点朝着地面砸了下来，我和小银匆匆寻找避雨的地方。麻雀们却一点儿都不在乎，仍然站在树枝上昂头叽叽喳喳，对于它们来说，再大的风雨也阻挡不了它们唱歌的热情。似乎在它们的世界里没有什么比歌唱更加重要了，无论是飞过花丛时，还是钻进树林时，都在一刻不停地歌唱着。

　　你看到了吗，小银？那只小麻雀飞得那么高，落在了大树最顶端的那根树枝上，还忍不住跳来跳去，像是在向我们炫耀呢。它可要非常小心啊，万一掉下来，可不是开玩笑的事儿！还有水井旁的那只小麻雀，你看到了吗？它扑棱棱地落在了水井井台上，正在小口小口地喝水呢，看它那样子，也真是秀气！其他的麻雀都飞到哪儿去了呢？

它们有的飞到了屋顶上，有的飞到了花树旁。这些花儿虽然都蔫头耷脑的，可它们却是这阴冷天气里的唯一亮色，说不定，浇灌上一场大雨，它们又会重新焕发生机呢！

不知道在麻雀的世界里会不会做弥撒？我想，它们也许并不需要。对鸟儿们来说，它们度过的每一天都是节日，它们为了幸福的生活而尽情高歌，想做什么就做什么，无须为任何事情发愁。有些时候，我真是羡慕它们呢！相比起来，教堂里那一次次敲响的大钟更像是它们的朋友吧！

麻雀的情感是相当简单的，它们不会因为某些事感到欢欣雀跃，也不会因为某些事感到悲痛欲绝。

麻雀不像人类，不需要为生计而奔波，也不需要想方设法积攒下更多的钱财。它们只需要振动一双双小小的翅膀，就能飞上高空，飞过山川河海，有什么东西能够阻拦它们的旅程呢？它们无须向任何人请示，也无须收拾行囊，准备足够的食物、清水和替换衣服，它们只需要拍动翅膀就可以开始一场说走就走的旅行了。它们不需要规划旅途的行程，因为它们的心中眼中处处皆是美景，不管停在哪里都可以尽情玩乐一番。因此，汩汩流淌的小河边，青翠欲滴的树丛里，随风摇曳的柳枝上……到处都能看到麻雀自由玩耍的身影，无论它们想去哪里，都可以轻松办到。周一到周五要按时上班？一日三餐怎么安排？晚上在哪里洗澡过夜？这些事情都不是麻雀们需要发愁的事，因为它们是大自然的孩子，无论碰到什么事情，都有大自然做它们的坚强后盾。大自然似乎也更加喜欢它们这样单纯可爱的孩子，因此总把它们护在羽翼之下。麻雀的情感虽然没有人类丰富，但对于大自然妈妈，它们的情感比人类更加丰沛炽热。

每到星期天，忙碌了一周的人们要照例前往教堂做弥撒，麻雀们则趁机叽叽喳喳地占领了人类的城市。它们自由地在花园与院落里飞翔，当它们飞到我和小银身边时，也自然而然将我们当成了它们的朋友，致以热情问候。而我们呢，也在这一天感受到了数不清的幸福时刻。

飞走的金丝雀

我家曾经养过一只年迈的金丝雀，它是我的老朋友了，就算已经老态龙钟，无法发出动听的声音，我们依然将它看成最忠实的朋友。这只金丝雀还有一个恩爱的伴侣，但是那只母鸟不久前已经死去了，只剩下我们可怜的朋友孤零零地生活。我们讨论过是否要将它放生，可是最终还是觉得，它年纪太大了，无法自己找到足够的食物，很有可能会死于饥寒交迫，更有甚者，或许还会被野猫叼走吃掉。

但是，有一天我回到家中，却惊讶地发现，那只翠绿的金丝雀竟然不知去向了！发生了什么事？它去哪儿了？

我在家里和院子里转来转去，好不容易才找到了我的朋友。原来它飞进了花园里，正在尽情玩耍呢。它一会儿从石榴树上振翅飞下来，一会儿绕着紫丁香花丛打转，一会儿扑棱棱落在松树树枝上，看起来玩得高兴极了。我不愿意破坏它的这份自由，因此只是站在不远处，微笑地看着它尽情游戏。

不一会儿，附近的孩子们也聚拢到了花园旁边，他们也是来看金丝雀的，他们纷纷跑到了走廊旁边，探头探脑，大呼小叫，嘻嘻哈哈地笑着。金丝雀也非常喜欢这群孩子，它时不时绕着他们的头顶盘旋，发出清脆的鸣叫声，孩子们也乐了，他们捏着嗓子学金丝雀的叫声，一个个都哈哈大笑。

不知道什么时候，小银也跑到了他们身边，它是被孩子们的笑声吸引过来的。不过，树上的金丝雀实在飞得太高了，小银够不着，它很快就被不远处的花丛和玫瑰花吸引了注意力，兴高采烈地扑起了蝴蝶，而蝴蝶左一转，右一转，灵巧极了，根本不会被小银捉到。

傍晚时分，老朋友金丝雀又回到了我们身边。

它扑棱棱地绕着屋檐飞了一圈，轻巧地落在房梁上，目送着渐渐西落的夕阳，轻快地蹦来蹦去，唱起了一首婉转动听的歌。等到最后一个音节落下的时候，金丝雀就拍着翅膀向自己的鸟笼飞了过去，它实在飞得太快了，我们甚至都没有看清，它是怎么一头钻进那个复杂的鸟笼里的。了不起，我们的老朋友金丝雀实在是太聪明了。

孩子们和金丝雀玩了一整天，已经成了它忠实的朋友，他们看到金丝雀并没有离开，高兴得又蹦又跳，纷纷凑到鸟笼前和金丝雀说话，争先恐后，叽叽喳喳，每个人都兴奋得不知道该怎么好。夕阳的余晖照在孩子们的小脸上，他们的眼睛显得亮闪闪的，令人忍不住心生怜爱。

小银是个喜欢热闹的小家伙，看到孩子们绕着金丝雀蹦蹦跳跳，它也忍不住想要加入他们之中。不久，小白狗迪亚娜也来了，兴奋地跟着他们跳来跳去。迪亚娜蹦跳的姿势非常有趣，它总是先收紧身上的肌肉，再猛地使劲跳起来，后背的肌肉收紧再放松，仿佛是一片翻涌着的海浪。

迪亚娜奔跑时的动作也十分漂亮，它身上的皮毛随风拂动，看起来简直像是一头矫健的白山羊。它的前爪跃至半空，两只后爪随之高高跳起，比运动员的动作更健美潇洒。跑吧，亲爱的迪亚娜！珍惜每一次自由奔跑的机会！

迪亚娜越玩越高兴，它不断在原地踢踏蹦跳，一会儿转圈，一会儿翻跟头，小银紧紧地跟在它身后，跟它一起打滚儿嬉戏。孩子们全都凑了过来，围成一圈儿，一边拍手一边唱起了歌，金丝雀轻快地拍着翅膀，叽叽喳喳地清脆叫着，这是怎样一幅幸福和睦的画面啊！我站在不远处望着他们，心里感到快活极了。

自由

这天清早，阳光明媚，我带着小银外出散步，呼吸新鲜空气。我们沿着一条小路走去，路边生长着茂盛的青草，草叶上挂着晶莹的露珠，走路时很容易弄湿鞋。不过，我和小银都不介意这一点。

"小银，快瞧！那边的花儿是不是长得特别漂亮？"我拍了拍小银的小脑袋，指向了路边的野花，而小银则轻轻嘶鸣一声，以示赞同。

就在我们全心全意地赏着花儿的时候，眼前忽然掠过去了一个红艳艳的影子。那是什么？我被吓了一跳，随即才反应过来，原来是一只红艳艳的鸟儿。它通身的羽毛都是鲜红艳丽的颜色，阳光一照，简直熠熠生辉。我满怀羡慕地看着这只鸟儿，它该是怎样一只美丽又威风的鸟儿呀？

然而，眼前的鸟儿明显有些无精打采。它看起来蔫蔫的，扑腾着翅膀落在了草地上，双翅收拢，像是失去了拍动翅膀的力气。它遇到了什么事情？是生病了吗，还是受伤了呢？

我不由得担心起来，想要上前为鸟儿提供帮助，小银也紧紧跟在我身后，向着草坪走了过去。

等我们走近草坪，仔细检查了这只鸟儿的情况，才知道到底发生了什么事。附近有人在这里布下了猎鸟的网子，这只鸟儿不小心冲进了网中，挣扎得越厉害，那张网就缠得越紧，它哀哀地鸣叫着，似乎是在警示着周围的鸟儿不要和它一样落入陷阱，又似乎是在祈求我的帮助。

"这真是太可恶了！"我气愤地叫道，"我猜就是那些住在周边的坏小子们布置的陷阱！他们也不是第一次用恶劣手段来捕捉动物了！你猜怎么着？他们做出了这样的坏事，自己心里还觉得洋洋得意呢！"

风吹树林，树枝被吹得簌簌摇动，树木特有的清新味道四溢开来，周围林海绵延，鸟儿的哀叫声在这里显得更加清楚。

如果那些布置陷阱的坏小子们就在附近，他们一定也能听见这只鸟儿的哀哀叫声。他们是否会觉得内心有一丝不安呢？不，如果他们良心未泯，就不会布置出这样残忍的陷阱了！我气愤地想着，仰头看向了前方的大松树。

"亲爱的大松树啊，如果您知道那些坏小子究竟在哪里，就请告诉我吧！"

小银仿佛知道我在想什么，它摇头晃脑地跑到了我的面前，冲我嘶鸣了一声。我点点头，随即跳上了它的脊背，双脚一夹它的肚子，小银就像是个威风凛凛的先锋士兵似的，昂首挺胸地向着松林边缘跑了过去。一棵棵遮天蔽日的大松树围绕在我们身边，连绵的树荫投下来，遮住了所有日光。

我听见自己怦怦的心跳声，为了驱散心中的紧张情绪，我清了清喉咙，高声唱起了歌，一边唱，一边自己拍着手打节奏。小银也被我的情绪感染了，它一边跑，一边也放开喉咙高声嘶鸣起来。我们的声音在山谷中回荡着，周围的田野和林海里全都响起了我们的歌声。鸟儿们被我们的声音吓了一跳，纷纷拍着翅膀飞了起来，飞出树林，飞向了远方。

鸟儿们一旦飞走了，那些满心想要捕鸟的坏小子可就失望了。他们骂骂咧咧地收起了手中的捕鸟工具，气势汹汹地拨开树丛跑了出来，想要看看到底是谁在唱歌。我一点儿都不害怕，仍然骑在小银的背上，高高地昂着头。我正想跟他们理论理论呢！坏小子们远远地站在那里，对我们恶言相向，可是他们也不敢走过来。

瞧，这就是他们的胆子！我和小银都笑了起来。这些懦弱的胆小鬼只会欺负可怜的动物，到了我们面前，甚至不敢走近一步。下一次，他们或许会对大自然多一些敬畏之心。我满意地牵着小银的缰绳往回走，而这小家伙亲昵地一遍遍蹭着我的手，显然，今天教训了那些捕鸟的坏小子们，它也非常高兴。

哄孩子的小姑娘

在这座小镇上，矿工一家也是我们的邻居。矿工的女儿和我差不多大，她常年跟着她的家里人做活儿，身上总是沾着大块小块的煤灰，脸仿佛永远也洗不干净。但是，如果你认真看看，就会发现她是个相当漂亮的小姑娘。她的那双眼睛又大又有神，比夜晚的星星更加明亮。她很爱笑，每当她笑起来，那红润的双唇就会轻轻一抿，显得可爱极了。

这天，我路过矿工一家的茅屋门口，看见小姑娘正坐在那里。她的臂弯中抱着她年幼的小弟弟，她正在轻轻地哼着歌，哄那孩子睡觉呢。

这真是一幅动人的图景。正当五月，温暖宜人，金灿灿的阳光洒在田埂和道路上，迎面吹来的微风中夹杂着花香。这是生机盎然的五月，周围的一切都使人深深陶醉。听，小虫跳上了高高的麦秆，唱起了一支活泼热情的曲子；听，鸟儿落上树梢，鸟鸣婉转，仿佛在赞颂这可爱的春天；听，远处的桉树林中响起了海潮般的乐章，那是独属于大自然的合唱曲。

而面前这矿工家的小姑娘，她又在唱些什么呢？我停下脚步仔细听，发现她正在唱着一首晚安曲。

"睡吧，睡吧，我可爱的小宝贝。你的梦里将会有大片的草场和牧民……海浪翻涌，咸涩的海风迎面吹来。睡吧，睡吧，我可爱的小宝贝，姐姐在这儿陪着你。"

她的歌声是如此温柔，就连风儿也会停下脚步，静静听着她呢喃的字句。她臂弯中的孩子早就已经沉入了梦乡，发出轻轻的鼾声，他正在做一个怎样甜美的梦呢？梦里是否有大片的草场和牧民呢？

我不愿意打扰他们的宁静，牵着小银悄悄走进了松树林。小银乖乖地跟在我的身边，直到走累了的时候，才温柔地拱了拱我的手，卧在沙地上休息。我忍不住微笑了起来，一边摸着小银的脑袋，一边学着小姑娘的样子轻轻哼唱着晚安曲，不一会儿，小银也合上眼睛睡熟了。

第四章
小银和我

可怕的事情

　　这天，我和小银照常外出散步，我们走到了繁华的特拉斯摩罗街道上，兴冲冲地打量着周围那些卖小东西的地摊儿，打量着每一个经过我们身边的路人，和他们一起说说笑笑。小银非常喜欢逛市集，它总是怀着巨大的好奇心，每当它发现了什么有趣的小东西，就会拽着我的衣袖哼哼唧唧，非要多看一会儿不可。看它那副模样，真像是个不谙世事的小孩子。

　　就在我们逛得高兴的时候，忽然听到前方传来一阵哒哒的蹄声，那蹄声急促慌乱，其中还夹杂着破碎的嘶鸣声，显然是有个可怜的动物遇到了危险。我和小银都有些着急，纷纷踮着脚，探着脑袋，向那个方向看去。

　　不一会儿，那个方向飘起了黄沙灰尘，一头狼狈丑陋的驴子从街道的另一头跑了过来。它浑身都糊着污泥，脏得看不出皮毛本身的颜色，一双眼睛呆滞无神，只顾着闷头往前奔跑。它身后还追着几个嘻

嘻哈哈的孩子，这些孩子也都跑得满脸通红，有的扯开了自己的衣襟，有的趿拉着鞋子，有的似乎在泥塘里打过滚儿，浑身上下都脏兮兮的。这些孩子手里都抓着木棍和石块，向驴子嚷嚷着，将手里的东西没头没脑地向它掷过去。不仅如此，他们还在进行恶劣的比赛——

"我扔中它了！"

"不，不！我扔得更多！"

那头可怜的驴子被砸得狼狈不堪，不得不拖着沉重的脚步向前逃窜。它离我们越来越近了，我瞧出来这是一头黑驴，只是它原本的毛色都被脏污盖过去了。它实在是太瘦了，脊背上凸显出一块块骨头，甚至能清晰数出骨头的具体数量。它是一头垂垂老矣的驴子，似乎还患上了严重的皮肤病，身上的皮毛一块接一块地剥落下来，这副模样实在是有些可怕。

那些顽劣的坏孩子们围成了一个圈儿，嘻嘻哈哈地嘲笑着这头可怜的驴子。

"长得这么难看，呸！"

"怎么不跑了？害怕我们用石头砸你吧？哈哈！"

"丑东西，快过来！"

那些孩子们一边叫嚷，一边用棍子驱赶着那头黑驴，没头没脑地往它的头上、身上打过去，黑驴慌慌张张地闪躲着，可是它实在太老了，脚步又慢，还是被几个孩子重重打了几下。黑驴深深地垂下头颅，喉咙里发出了威胁的低吼声，而孩子们还浑然不觉。下一刻，黑驴猛地扬起了头，它枯瘦的身躯爆发出惊人的力量，发出了一声撕心裂肺的大吼，冲着那群孩子露出了它满是黄色污渍的牙齿。没有人想到这样一头衰老的病驴竟然还有这样的力气，就连周围的路人都被吓了一跳。

那群顽劣的孩子被吓得往后倒退了好几步。他们面面相觑，一时不知道应该怎么做。立刻跑掉总有些不甘心，可是再瞧瞧驴子那副凶相毕露的模样，又没有人敢过去了。几个孩子犹豫了一会儿，嘀嘀咕咕地诅咒着那头驴，各自散开了。

目睹了这一切的我也感到心有余悸。这头驴子的遭遇令我感到痛心，我迫不及待想为它做点儿事情。小银，你认不认识这头驴子呢？它究竟碰到过什么样的可怕事情？我们应当如何安抚它，如何帮助它呢？

我摸了摸小银的脊背，试图从它这里得到回答。然而令我没想到的是，小银的样子变得非常古怪。它深深地弓着脊背，耳朵竖起，浑身发抖，直愣愣地注视着那头凶相毕露的黑驴。我轻轻地拍一拍它，它像是如梦初醒般地跳了起来，转身就蹿到了我的背后，慌慌张张地，生怕黑驴注意到它在这里。

但是已经太迟了，黑驴已经看到了小银。它喷了个响鼻儿，昂着头向我们所在的方向走了过来，毫不客气地撞了一下小银，将它撞得一个趔趄，连脊背上的驮鞍都歪了。紧跟着，黑驴向小银探过了脑袋，使劲儿翕动了一下鼻翼，喷出了热乎乎的鼻息。随后，它就不感兴趣地转过了头，走向了不远处的修道院，再次发出了一声震耳欲聋的大吼，头也不回地向着特拉斯摩罗大街的方向走过去了。

它究竟在做什么？它为什么要欺负小银？我和小银都一头雾水，

面面相觑，不知道究竟发生了什么事情。我甚至觉得浑身发冷，有些后怕了。如果刚才那头黑驴突然发狂，我们又应该怎样应对呢？

就在我忍不住微微发抖的时候，我意识到周围的天色都灰暗了下来，冷风飕飕地刮了起来，就连太阳也隐藏进了云层里。这一切都太可怕了，要知道在短短几分钟前，这里还是艳阳高照的呢！我眼睁睁地看着乌云盖顶，几乎喘不过气来，我下意识地缩到了小银身旁，紧紧抱着它的脖子，瑟瑟发抖。幸亏我身边还有小银，在这可怕的一瞬间，我并不是孤身一人。我和小银互相做伴，彼此打气，同时两双眼睛紧紧地盯着不远处的街道尽头，生怕那里再跑出来什么恐怖的家伙。

幸好，这只是我们的胡思乱想。我和小银一分一秒地数着自己的心跳，等了好一会儿，头顶上方的乌云终于逐渐散开了，久违的日光重新现身，温暖地照耀在我们的身上。那攥紧心脏的剧烈恐惧感慢慢地烟消云散了，刚才的一切仿佛都是一场噩梦。街道两边的小贩再一次放开喉咙叫卖自己的货物，人群熙熙攘攘，有说有笑。我环顾四周，终于长长地松了一口气。

身旁的小摊贩正在扯着嗓子大声夸奖自己的比目鱼与黄花鱼，远处的教堂大钟被人一下接一下地敲响，不远处肉摊旁的屠户正在霍霍磨刀，孩子们互相嬉戏打闹，吹着尖锐的口哨。这一切都让我放心。太好了，我又回到了我熟悉的闹市氛围之中！

然而，小银的情绪明显还没有调整回来。它倚靠在我怀中，难以抑制地浑身发抖，它大大的眼睛依然紧盯着黑驴消失的方向，尽管小银不会说话，但我知道，它一定还没从刚才的恐惧氛围中挣扎出来。

我感到心疼极了，连忙紧紧地抱住了它。我不知道应该说些什么，只能用这样的方法对它加以安抚。

我的小银是如此聪明，它的情感也是如此细腻。我从来没把它当成一头普通的驴子，我坚信它是我最忠实的朋友。

蚂蟥

结束了一天的玩耍，我骑在小银身上，高高兴兴地哼着歌往家的方向走去。郊外风光如画，我放眼望去，到处都是清脆歌唱的鸟儿、芳香扑鼻的花朵，我尽情享受着周围这美丽的景致——咦，发生了什么？小银的脚步为什么越来越沉重？它为什么深深地低着头，不愿意回应我的招呼？

"小银，小银，你怎么了？"

我从小银脊背上跳了下来，抱着它的脸和它说话。刚将它的脑袋托起来，我就被吓了一跳。小银的神情非常痛苦，它剧烈地咳嗽着，嘴边甚至流出了一丝鲜血。

"小银！你生病了吗？你受伤了吗？到底发生了什么事呀？"我慌慌张张地叫了起来。

小银痛苦地微微摇着头，它不会说话，只能用可怜巴巴的目光注视着我。

我急得不知道怎么办才好，连忙回忆这一天以来发生的事情。对了！我们早上经过了毕内特泉水，小银在那里停留一会儿喝了水，难道是在那个时候，不小心触碰到了什么虫子吗？就算是在最干净的水域，也难免会出现一些害虫，是的，肯定是这样，肯定是一只吸血的蚂蟥悄悄钻进了小银的嘴巴里，才让它这么难受！

我心急如焚，但是我一个人又该怎样帮助小银呢？我在原地转来转去，简直像是一只热锅上的蚂蚁。就在我慌乱无措的时候，小路上远远走来了一个人。太好了！那是修车夫拉波索！

"拉波索先生！"我伸长了胳膊，使劲向他挥着手，拉波索先生果然看见了我。

"发生了什么事？"他问道。

"请您帮帮我吧，拉波索先生！"我叫道，"我的朋友小银被一只吸血的蚂蟥咬了，现在那只坏虫子就在它的嘴巴里。您能不能帮我撬开它的嘴巴，把那只可恶的蚂蟥捉出来？"

"好吧，那我试试看！"善良的拉波索先生点了点头。他抱住了小银的身子，而我试图去撬小银的嘴巴，可是小银却剧烈挣扎了起来。这可怜的小家伙，它并不明白我们为什么要这么做！它紧紧地咬着牙，生怕我们要伤害它。亲爱的小银，你怎么这么傻呢？要知道我是最关心你的朋友呀！

我再一次束手无策了，幸好拉波索先生想出了好主意，他将粗木棍劈成细木条，试图用木条作为杠杆撬开小银的嘴巴。很明显小银对于这种古怪的工具更为抗拒，它不断地倒退躲避，甚至对拉波索先生摆出了攻击姿态，不断踢踏着自己的前蹄，拒绝让我们靠近。不过拉波索先生的力气更大，他强行将木条塞进了小银的嘴巴里，斜着撬开了它的齿关节，他将整个身体的重量都压到了小银的后背上，猛地一使劲儿，小银终于张开了嘴巴。

果然不出我们的意料！小银的嘴巴里趴着一只丑陋的蚂蟥，它已经吸饱了血，那副模样可真是令人作呕。都是因为这个坏东西，我可怜的朋友才受了这么多苦。想到这里，我简直气得牙根发痒。

我小心翼翼地用两根葡萄藤探进了小银的嘴巴里，将那只可恶的蚂蟥夹了出来。现在，小银总算不再受它折磨了。

我可不能轻易放过这只蚂蟥，要不然，又有其他的动物要受到它的伤害。

三个老婆婆

这天，我和小银在路上迎面遇见了三位老婆婆。

"小银，快过来。"我对我的朋友招呼道，"来，我们去那边的土坡上吧。"

聪明的小银很快就明白了我的意思。我们避到了土坡上，给三位老婆婆让开了道路。老婆婆们感受到了我的好意，向着我慈祥地笑了笑，而我也很快回以微笑。

这几位老婆婆的年纪已经相当大了，她们满面皱纹，风尘仆仆，一定是从很远的地方翻山越海过来的。其中一位老婆婆紧闭着眼睛，需要同伴扶着她的手臂才能蹒跚向前，我小心地看了看，确定她已经失明了。

那么，她们是来寻求治疗的吗？或许是想去医院，或许是来找路易斯医生，那位医生的医术可是相当不错呢。

我和小银久久地站在山坡上，目送着几位年迈的老婆婆向前走去。她们实在是太虚弱了，每一步都走得非常慢，我仿佛都能看到她们的力气正在一点儿一点儿流逝。对于她们来说，命运正在逐渐流露出狰狞的一面，"明天"已经变成了一个沉重的词语。大大小小的花丛生长在她们的必经之路上，她们对待那些盛开着的花儿也是小心谨慎的，不得不用手帕垫着手拨开花枝，以免不小心被花枝上的尖刺刺中。

我牵着小银跟在她们的身后，脚步也不由得越来越慢。当我们走到一条窄路上时，我本能地紧张了起来，连忙拉住小银，嘱咐它道："千万小心点儿啊，小银！"

三位老婆婆并不像我这么小心翼翼，她们一边走还一边自顾自地聊起了天，她们谈论着那些绣有荷叶花纹的漂亮衣服。从她们的对话中，我得知她们来自吉卜赛。必须承认的是，这几位老婆婆虽然已经年迈，却依然有着良好的精神状态。她们走路时昂首挺胸，体态优美，可以想象得到，她们年轻的时候一定都是令人着迷的美丽姑娘。只不过，岁月和烈日使这份美丽逐渐失了光彩，当她们在太阳下徒步跋涉的时候，大颗大颗的汗水沿着黝黑的侧脸流了下来，冲开了脸上的灰尘和泥污。

日头越升越高，周围刮起了风，将灰尘和沙土吹得满天都是。我停住了脚步，目送着那三位脚步蹒跚的老婆婆越走越远。

"看到了吗，小银？"我拉着小银的缰绳，在它的耳朵旁边轻声说道，"她们虽然都是上了年纪的老婆婆了，可依然对生活抱有希望，依然在为自己的未来而努力奋斗呢！你瞧，春天已经来了，而她们比春天里的一丛丛繁花更加耀眼，更加令人记忆深刻！"

面包

莫盖尔村里的许多人都有一句口头禅："酒就是莫盖尔村的灵魂！"让我来告诉你吧，小银，不是这样的，莫盖尔村真正的核心应当是面包，要论莫盖尔村村民对面包的喜爱程度，酒永远是没法与之媲美的。

别的不说，就说莫盖尔村的地形，若能有幸站在高处俯瞰整个村庄，哪怕只看一眼，你的脑海中肯定浮现出一只巨大的面包！清晨的太阳缓缓升起，金色的阳光迸发出来，为莫盖尔村镀了一层亮眼的金边，那就是面包表面那一层黄澄澄的酥香外皮。随着阳光慢慢升温，笼罩在村子上空的一层薄雾被驱散。此时的莫盖尔村就如同被掰开了面包的外皮，里面香甜松软的面包心一览无余。这便是莫盖尔村的全貌了。

太阳当空的时候，气温升到最高，火辣辣的阳光炙烤着大地，没有人愿意在此刻走出家门，不然可都要被烤熟啦。瞧瞧吧，小银！当太阳炙烤着地面的时候，像不像火焰舔着烤盘的样子？那么烤盘中的莫盖尔村不就是一个真正的烤面包了吗？这个时候你要是愿意大着胆子走出家门，在阳光下耸一耸鼻子，那你肯定能够在燥热的空气中闻到一丝丝烤面包的甜香。要是你的鼻子足够灵敏的话，甚至还能闻到松柴燃烧的味道，试着闻闻看吧！

太阳发挥了它最大的威力，在莫盖尔村的上空炙烤了两个小时，随着火力减弱，成熟面包的香味弥散在空气中。村子里的所有人都不由自主地翕动着鼻翼，试图捕捉这样美妙的味道。我敢说所有人都想尝尝这块美味的面包，谁能拒绝它呢？

对我们来说，面包是最可口也最平易近人的食物。它胸襟宽广，像一个母亲包容她的孩子一样，慈祥地包容其他一切食材。它可以与各种食材搭配，为我们成就一顿丰盛美味的午餐。菜汤、橄榄油、奶酪、葡萄……都是如此。如果你对于某种食物有特殊偏好，面包同样能够放任你去尝试与众不同的搭配，比如面包、酒和火腿就可以形成奇妙的化学反应。当然，如果你不喜欢那些花里胡哨的坠饰，也可以纯粹享受一块白面包。你尽可以细细品尝它最淳朴、最原始的味道。或许你还可以用奇思妙想来装点这块白面包，给它涂上用想象力做成的果酱。在面包入口的那一刻，你就会品尝到最不可思议的美味佳肴……

在莫盖尔村，人人都喜欢村里的面包师傅，我敢说，他在这里受欢迎的程度远远超过了任何明星。因为他每天都会按时送来热腾腾、香喷喷的面包，金黄的酥皮包裹着香甜的面包心，美妙的口感会使村子里的所有人都念念不忘。一听到面包师傅的马车辚辚驶来，人们就纷纷推开门窗，闻着从面包车上散发出来的令人垂涎欲滴的香味，急切地等待着他驶向自己的家门口。

"吃面包啦，吃面包！"面包师傅用他的大嗓门吆喝着，各家的女主人就笑容满面地迎了出来，各自带着一只装面包的大篮子，从面包师傅的面包筐里挑选面包。圆面包、黑面包……她们的需求各不相同，但是面包师傅的筐子就像是一个百宝箱，无论她们提出什么样的要求，面包师傅都像变魔术一样拿出能满足要求的面包。

各家的女主人心满意足地回家了，但是不知道什么时候，小脸黝黑的乞儿们也凑到了面包师傅的马车旁边，他们互相看一看，探头探脑地跟着那些提着篮子的女主人走一段路，觑着机会就哀求她们："请您行行好吧，善良的夫人！我们已经饿了好几天了，请您给我们一小块面包吃吧！"

如果他们运气好，女主人或许会同意他们的请求，掰下来一小块面包送给他们。

伟大的松树

小银，我总感觉不管我身处何地，我总是在那棵巨大的松树撒下的阴凉之下的。不管我在什么地方，走到人生的哪一个阶段——来到一座城市，经历一场恋爱，得到某项荣誉……它总能在广袤的蓝天白云之下为我撒下一片绿荫。

假如我是一个在海上、在暴风雨中与惊涛骇浪搏击的水手，这棵松树便是海岸上指引我找到归途的灯塔。在我人生最艰难的时刻，它成为包容我逃避、鼓励我找回信心的港湾。这棵松树就耸立在那座难以攀登的高坡上，它健壮的根系稳稳地抓着地下破碎散乱的红土。那些流浪的人在去往圣路嘉尔的时候，总要从它身边经过。

每当我颓唐退缩时，脑海里只要想到这棵树，我浑身便会重新充满力量，它告诉我，我是一个强大的人，没有什么能够战胜我，除了我自己。它陪伴着我一起成长，在我成年之后它依旧在不断生长，越来越高大，越来越粗壮……

我的血脉仿佛和这棵松树联结了起来，当它饱受飓风的摧残时，我的身体似乎也感受到了它的痛苦；当人们将飓风吹折的树枝彻底锯断的时候，我似乎也感受到自己的肢体被卸下的剧痛。每当我的身体有莫名的疼痛时，我总在想，这棵松树是不是正在遭受着什么痛苦？

"伟大"这个词语经常被用来形容浩渺的蓝天、茫茫的大海或者某人强大无比的心灵。但我觉得，用这个词语来形容这棵松树也很合适。千百年来，形形色色、不同种族的人们从它身边走过，坐在它的树荫下小憩，抬头仰望云卷云舒。我想所有人的思绪都和我身在海上或者某片天空下那样，心里总在想念着。

每当我陷入迷茫，眼前出现各种各样虚无缥缈的幻想时，这棵松树高大耸立的形象就会出现在我的心中。它就像永久扎根在我的心房一样，在我需要帮助的时候及时出现，召唤我回到它的绿荫下。我惊疑不定的心顿时得到了安宁，我想松树的绿荫便是我人生之旅的最终会抵达的地方吧。

驴车

行走在泥泞小路上可真是一件相当难受的事儿！前段时间，滂沱大雨持续了好几天，将所有的路都冲成了烂泥塘。人们在经过时不得不格外小心，他们一个个都挽高了裤脚，踮着脚尖，尽可能不让烂泥碰到自己。

最倒霉的要数院子里那几棵生机勃勃的葡萄秧了，经过大雨这么一冲，葡萄秧下的土壤已经被冲得乱七八糟，在与暴雨的搏斗中，它们无疑是被碾压的一方。这些娇弱的秧苗东倒西歪地躺在地上，细小的根裸露在空气中，再也没有之前那生机勃勃的样子了，显然是要不行了。

随着辚辚车轮声响起，一辆驴车驶过小路，车身吱呀作响，碾过泥泞的道路，车轮上也被裹上了一层厚厚的泥巴。车上装的是什么呀？原来是满满当当的青草和蜜橘，不信你就闻闻看吧，空气中那一股清新的香味儿，真是让人舒服极啦。走着走着，驴车的车轮忽然被卡住了，车子陷进了一条泥沟里，摇摇晃晃地停住了。

"哎呀，这可怎么办？"

驴车的车帘打开，从中跳出来一个小姑娘。她年纪很轻，看样子是出身于贫寒家庭，一身破旧的粗布衣服，斑斑驳驳都是泥点和污渍。

"快走！使点劲儿，快走呀！"小姑娘一遍遍催促着拉车的小毛驴继续向前，可是小毛驴太累了，它拉着这辆装满东西的大车走在这沼泽地一样的泥泞小路上本来就非常勉强，更何况车子已经陷入了泥沟里。小毛驴使尽浑身解数不断挣扎，却还是没办法将车子拉出泥沟。它实在是做不到，老实说，它还只是一头没长成的小驴子呢。

小姑娘急得连连转圈，眼眶一红，扑簌簌地掉下了眼泪。她抽噎着继续催促小毛驴使劲，并且伸出手来，将小毛驴所负担的重量分了一半到自己肩头，咬牙向前一步步挣扎着。

不幸的是，此时突然刮起了风，并且刮得越来越大了，天气随时有可能变得更坏。在这样的恶劣境况下，小姑娘和小毛驴使尽全身力气，好不容易将驴车向前拉出了一部分。然而他们还没来得及站稳喘一口气，沉重的车身仿佛跟他们恶作剧一般，带着车轮往后退去，完全不给他们阻止的机会，又陷进了泥沟。情况比上一次更加严重了。可是小姑娘咬了咬牙，再次给毛驴鼓起了劲儿。第二次，第三次……这一人一驴试了一次又一次，面对着无情的现实，他们的力量微小得可怜，却还是不屈不挠地一次次尝试着，没有半分畏惧与退却。

可是，小姑娘和小毛驴的力气终究是渐渐被耗尽了。他们大口大口地喘着粗气，脚下的步子变得越来越沉重，当车子再一次滑进泥沟以后，他们甚至连迈步的力气都没有了。

在经过这样多次努力之后，现在哪怕他们身后的车子是一辆空车，他们也拉不动了，更何况是一辆装得满满当当的车呢？

我拍了拍小银的脊背，说道："我们走吧，好伙计，让我们去帮帮他们！"

我用随身的缰绳将小银也套在了那辆驴车上，让它和那头小驴子一起使劲，而我则担当了指挥这一任务。小姑娘站在一旁，反复对我们表示感谢。

"预备——驾！"我放开喉咙喊着，小银果然浑身一使劲，拉着车子猛地冲出了泥沟。我们不敢懈怠，生怕车子又会滑回去，连忙推着车走上了远处的一座山坡。

"太谢谢你们了，真的！要是没有你们，我真不知道应该怎么办才好！"

小姑娘向我们一遍又一遍地道谢。她已经不哭了，小脸却被汗水和泥巴抹得黑一块白一块，像小花猫似的，可她自己一点儿也不在乎，反而向我们绽开了一个热情的笑容。她的笑容有着感染人心的力量，我仿佛看到云破日出，阳光洒向大地一般，心里涌起了暖洋洋的热流。

"请你们收下我的礼物吧！"小姑娘说着，给我们手里硬塞了两只大橘子。那两只大橘子散发着淡淡的清香，实在是可爱极了。

"谢谢你，但我很希望能够将这只橘子送给你的小毛驴。"我回答道，并将橘子剥开，俯身将果肉喂给了那只瘦巴巴的小毛驴，"我们做的不算什么，它比我们辛苦得多呢。"

小毛驴感激地看了我一眼，叼过了橘子，两三口就吞下了肚。

至于另外那只橘子，我将它送给了我忠实的朋友小银。小银无条件听从我的每一个指令，并且慷慨善良地帮助他人。要是没有小银，我可真没办法独自帮助小姑娘。小银似乎也感受到了帮助他人的快乐，它骄傲地昂起了小脑袋，美滋滋地吃掉了那个独属于它的橘子。

光辉女神

我真是第一次看到你这么漂亮呢，我亲爱的小银，我亲爱的朋友！

小银抖了抖身上的水珠，它刚刚洗完澡，一身皮毛亮闪闪的，浸润着湿漉漉的水汽。它迎着日光轻快地跑了起来，明亮的阳光洒在它的身上，这可真是一头意气风发的小毛驴呀！我敢保证，就算是大雨初停时天际的彩虹，也无法胜过它的美丽！

我轻快地叫着小银的名字，而小银则慢吞吞地转悠了两圈，才向着我走过来。我知道，它还有些不好意思呢。

只需要仔细看看它现在的模样，所有人都会承认，这是一头漂亮的小毛驴。它皮毛上的水珠还没有完全蒸发，它迈着轻快的步子，姿态优美。虽然它只是一头小毛驴，可是在我看来，它比正值青春的小姑娘还要好看。

小银的一双大眼睛忽闪忽闪的，比平常更加明亮有神，看起来也更加招人喜欢了。无论是谁，看到它都忍不住要惊叹："可真是一头漂亮的小毛驴啊！"

这一定是希腊神话中的美惠三女神赐予小银的礼物！那位最年轻、最优雅的女神用手指轻轻地点了点小银的小脑袋，将这份青春与美丽毫不吝啬地送给了小银，这才使它变成了这副模样。

我向着小银轻轻招了招手，小家伙温顺地走了过来，让我抚摸它柔软光洁的银色皮毛，我忍不住用双臂环住了它，轻轻吻着它的小脑袋。

"噢，亲爱的小银，你不知道我有多么喜欢你呀！"

小银能否听懂我说的话呢？它看起来这么聪明，一定是能懂的吧？它微微侧过了脑袋，用柔软的耳朵蹭着我的手，仿佛是在回应我说的话。随即，它晃晃脑袋就向前跑去，示意我跟在它身后。

"喂，你要去哪儿？"我叫了起来，"我明白了，你是在跟我闹着玩儿，是不是？我的好朋友！"

我忍不住咯咯笑了起来，小银一会儿跑一会儿停，变着法儿跟我嬉戏玩耍。它似乎无法适应自己现在漂亮的样子，总想悄悄地躲到什么地方去。然而，路过的所有人都看见它了，他们由衷地赞美着："这头小毛驴真漂亮！真漂亮！"

在人们的赞美声中，小银显得越来越快乐，越来越自信了。它高昂着头颅，一路轻快地奔跑着，充满了无穷的力量。

小银一路小跑，很快就跑到了驴棚旁边，这是它最熟悉的地方。而今天驴棚旁边盛开了一丛红艳艳的喇叭花。昨天的这个时候，它还没有开花呢！小银又惊又喜，叼着我的袖子示意我过去看那丛喇叭花，又不断地用鼻子去拱蹭花瓣，深深呼吸，享受着花儿的芬芳。一阵风吹来，花儿在风中微微摇摆，仿佛是在和小银打招呼呢。

日光温暖，绿植茂盛。林子里的果树上结着又大又香甜的果实，这是农民伯伯辛苦一整年换来的成果呀！鸟儿在树林间蹦蹦跳跳，叽叽喳喳。如果你有机会走进树林的深处，或许能看到更美丽的景色，没错，那就是温柔善良的光辉女神。我们如今所拥有的一切，都是她慷慨赐予的。

亲爱的光辉女神啊，我要在这里一次次向你致谢，感谢你为我们布置的可爱家园，感谢你让小银在我身边陪伴着我，我该如何向你表达我的深深谢意呢?

第五章
永远与你相伴

友情

　　小银不仅陪伴着我度过所有愉快的日子，还陪着我度过许许多多悲伤难过的日子。当我的人生陷入低谷的时候，小银永远是我最忠诚的陪伴者，它会倾听我说的话，会体会我的情绪，会在我需要的时候安慰我。而我也始终将它当作朋友看待。当我和它一起出门的时候，我经常会放开缰绳，由着它想去哪儿就去哪儿。当然，小银也从来不会乱跑，它只会引着我走向更美丽的风景。

　　我亲爱的小银啊，你虽然不会说话，但是你能听懂我说的每一个字，对不对？你总是能够明白我的感受。就说我们在科罗那旅行的那次吧，你知道我喜欢那里的大松树，就静静地陪在我身边，跟我一起享受躺在树荫下的舒心时光。你跟我一起嬉戏，一起捕捉地面上那一块块碎金似的阳光。我根本不用多说什么，你就明白我的想法。我真是太喜欢跟你一起外出散步了。小银，我喜欢跟你一起踩过小径，嗅闻青草的新鲜清香，欣赏草叶上的一颗颗露珠，顺着这条路走下去，还能看到一眼清澈的泉水呢，泉水周围风光如画，让我们流连忘返。还记得吗，小银？那一眼泉水的味道可真是甘甜清冽，让人念念不忘呢！

我和小银还经常攀上高高的山巅，从山顶往下看，就能够俯瞰整座小镇。一间间热闹的商店、来来往往的行人，这一切都让我挪不开眼睛，小银当然也和我一样。

有些时候，当我走累了，或者被太阳晒得昏昏欲睡，我就会趴在小银的脊背上，懒洋洋地合上眼睛。小银行走时步伐一向是又快又稳当的，从来不会打扰我的睡眠。等我舒舒服服睡醒一觉，肯定是眼前一亮，没错，小银又会找到一片风景胜地！

瞧瞧我的生活吧，我敢说，就算是生活在伊甸园里，也不会比我更加快乐了！

我将小银看作是我忠诚的朋友，因此我非常尊重它，从来不会勉强它做不喜欢的事情。当然啦，我也会尽我所能地照顾它。当我们走到山路上的时候，小银的脚步渐渐沉重，这时我就会赶紧从它身上跳下来，牵起缰绳，免得让它更加辛苦。当它情绪低落的时候，我也会为它做一切我能做的事情，我会陪伴它，给它讲故事，轻声和它说话，给它加油鼓劲儿。没过一会儿，小银又会变得快快乐乐的啦！

不过，即使非常爱小银，我也会忍不住偶尔跟它开一些小小的玩笑。我会给它戴上好玩的面具逗乐儿。在这种时候，小银总是对我非常宽容，时不时无奈地用脑袋蹭一蹭我的手，从来不会跟我生气。

是的，我和小银之间的友情就是如此牢固，我们将对方看成真正的朋友，看成世界上的另一个自己。

小银对我的信任是无条件的，无论发生了什么事情，它都会坚定地站在我身边；无论我有什么愿望，它都会帮我达成。我明白，这是因为它深爱着我，愿意通过努力让我感受到快乐和满足。小银呀小银，你不知道的是，我的快乐就来源于你的快乐呀！

和其他毛驴不一样的是，小银不喜欢热闹，也不喜欢和其他的毛驴在一起玩儿。对于毛驴们而言，小银也许是一头古怪的同类吧！

孩子和水

春去夏来，村子里又迎来了最炎热的季节。炽烈的太阳毫不留情地炙烤着大地，泥土被晒出了一道道裂痕。很久都不下雨了，干裂的土地得不到雨水的滋润，所有的人和动物都被晒得蔫头耷脑的，连平日最活泼的鸟儿都失去了鸣叫的力气。如果这时还有一辆马车吱吱呀呀驶过路面，肯定会震起漫天的灰尘和黄沙，呛得人们连连咳嗽。

可我依然站在窗户旁边，向着外面不断张望。我想找到一张熟悉的面孔，就是经常在泉水边玩耍的那个孩子。我仍然记得他那双明亮又清澈的眼睛，记得他清亮活泼的笑声。他总是徘徊在泉水边，他说他最喜欢的就是绿洲和树林！啊，那是怎样一个内心纯真的孩子啊！

那一定也是炎夏中的一天。天气闷热，人人都躲在家里休息，静谧的世界里只有蝉还躲在大橄榄树的枝叶间，声嘶力竭地鸣叫着，似乎在所有生灵都没有活力的炎夏，它找到了自己的主场。然而它的叫声非但不会给我们的世界带来一丝活力，还令人更加暴躁了。

就在这个时候，一个小孩子悄悄地溜出了家门。小孩子一向是不惧怕烈日和闷热的，他一路轻快小跑着，日光暴晒并不会给他带来任何困扰，燥热的空气也阻挡不住他的脚步。他一路跑到了泉水旁边，忽然顿住了脚步。瞧啊，这是怎样一汪透澈清凉的泉水啊！

泉水汩汩流淌，日光照射下，水面泛着明亮的光芒，反射着缤纷的色彩。他不由自主地闭上眼睛，享受着这片难得的清凉。

"要是能在泉水边舒舒服服睡个午觉，那该有多好呀！"小孩子这样想着。说干就干，他躺了下来，将手指伸进了泉水中，好奇地拨弄水流，感受着泉水滑过手掌的柔顺和清凉。他试图捧起一泓清凌凌的泉水，可是调皮的水珠一连串地从他的指间钻了出去，形成一片小小的瀑布。小孩子从来没有见过这么神奇的景象，他睁大了眼睛，小声惊呼起来。

"天啊，这可太漂亮了！"他一边说，一边将整个身子都探向了泉水的方向，嘴巴咕咕哝哝，念叨着一些别人听不懂的话，但尽管隔得很远，我还是能够感受到他的嘴巴里、眼神中流淌出来的、难以抑制的兴奋。很快，这样的兴奋就把他的小脸变成了一个熟透的红苹果。

他一次又一次地将水捧起，这明明只是一个简单的游戏，他却乐此不疲。是的，同样一滴水珠也会在不同的角度折射出不同的光彩，更何况这孩子每一次捧起的水都是全然不同的。孩子睁大了眼睛，试图观察水珠内部的秘密，然而水流比玻璃更加柔韧，水光比钻石更加闪耀，就算人们穷尽一生，也未必能够参透有关水珠的全部奥秘，更何况是这个小孩子了。孩子一遍又一遍地赞叹着，不知疲倦地从各个角度观察水珠。他已经沉浸在了水珠的世界里，就算这个时候有人大声呼喊他的名字，他肯定也是充耳不闻的。也只有这样单纯可爱的孩子才会在这样燥热的阳光之下找到独属于自己的一方天地吧。而他不知道的是，他在自己小天地中探寻水珠奥秘的情景在我的眼里成了夏日里的一道独一无二的风景。

小银呀小银，当你看到这一幕的时候，你会有怎样的感想呢？也许你无法理解我所说的这一切，那就让我来告诉你吧，我实在是太珍视这个孩子了，他所捧着的那一泓泉水，就是我的心啊！

生病的小姑娘

小银，你还记得吗？我们曾经在路上遇见过一个生病的小姑娘，我们还一起照顾过她呢。那个时候我就夸奖过你，你可真是一头心地善良的小毛驴！

说起来，那天的小姑娘也实在咳得太可怜了，她急促地喘着气，脸色惨白，死死地咬着自己的嘴唇，整个身子都在瑟瑟发抖，仿佛下一秒钟就要昏厥过去。看到她那副狼狈的样子，我就想起了暴风雨中被打得七零八落的玉簪花。这可不行，我们得帮帮她！我和小银走上前去，想方设法帮助这个小姑娘。我们将她送往医院，她蜷缩在医院的白色长椅上，空气里弥漫着刺鼻的消毒水味道。小姑娘仍然在声嘶力竭地咳嗽着，她已经一点儿力气都没有了。

"好孩子，如果你一直闷在家里，你的病情会更加严重的。"医生劝说着她，"你为什么不出门走走呢？晒晒太阳，锻炼锻炼身体，对你的健康会有帮助的。"

然而，小姑娘只是微微地摇了摇头。她的脸色实在是太差了，我甚至怀疑她已经没有力气回答医生的话了。

"试试看吧。"我也对她这么说着，"你瞧，我和小银也很喜欢外出散步。以后，当我们出门的时候，我们就来叫上你一块儿走，好不好呢？"

"谢谢你的好意，亲爱的先生。"小姑娘叹了一口气，她看起来更加悲伤了，"但是不行的。如果我能够一口气走到桥边，那么我一定会毫不犹豫地跳下去。这个世界已经没有什么值得我留恋了。"她说着说着，就轻轻地阖上了眼睛，神色忧郁，仿佛要流下眼泪来。

"这样吧，我们现在就出去逛逛，我和小银陪着你一起！"我轻快地说着，然后拉起了她的手，"你有没有去过郊外踏青？这个季节正是开花的时候呢，我打赌你没有见过那么漂亮的花儿！"

"花儿？"小姑娘果然被吸引了注意力，她抬头向我看了过来，一双大眼睛里满怀期待。我向她肯定地点了点头，一招手，小银就摇头晃脑地冲着我跑了过来。我将小姑娘扶到了小银的背上，轻轻一拍手，小银就稳稳地跑了起来。小姑娘吓了一跳，连忙抱紧了小银的脖子。不过她很快就享受到了其中的乐趣，咯咯地笑了起来。

她实在是太虚弱了，笑声也有气无力的，但是，她毕竟已经笑起来了呀！

小银听到了她的笑声，也受到了感染，它昂着脑袋，迈步跑动，脖子上的铃铛也丁零当啷地响了起来。住在周围的妇人们听到了铃声，纷纷推开窗子，都看到了这头漂亮的小毛驴和毛驴身上的小姑娘。瞧啊，那是多么惹人怜惜的一个小姑娘呀！她面带病容，神情憔悴，仿佛是一个易碎的瓷娃娃，周围的人们甚至不敢大声说话了，他们都怕惊扰了她。

在日光的照耀下，小姑娘的脸上泛起了一层淡淡的红晕，对于她而言，这实在是非常难得的。她勉强支撑起了身子，向着周围的人们微笑致意，她那一双黑白分明的大眼睛转来转去的，一会儿看看飞过天空的小鸟，一会儿看看散发着清香的花儿。

不管她的病情能不能彻底康复，起码在这一刻，小姑娘感觉到了从未有过的快乐，她能够像健康的孩子一样享受郊游踏青的乐趣，路人们对她友好地点头微笑，日光下的村子仿佛都笼罩了一层淡淡的光呢。

拉洋片老头儿

"快来啊，快来啊！"

这天，我忽然听到街上的人们都在急匆匆地跑着，他们嘻嘻哈哈地叫嚷着朋友的名字，催他们快点出门。远远传来了一阵急促的鼓点声，跑出门的人更多了。发生了什么事？我连忙也冲了出去，仔细一瞧才发现，呼朋唤友的大部分都是孩子，他们叽叽喳喳地叫着闹着，吵吵嚷嚷。

到底是怎么回事？我奇怪地看了看小银，可是小银同样一头雾水。

"拉洋片的老头儿来啦！快来啊！快出来看看拉洋片的老头儿！"孩子们的声音又脆又亮，他们一声声地喊着，连我也感到了好奇。

拉洋片的老头儿？那是谁呀？我跟着孩子们往街角走去，看到那里靠墙坐着一个老头儿，头发胡子全都花白了，看起来平平无奇，正在埋头捣鼓着一个绿色的小匣子。我左看右看，除了看见匣子上插着几只红通通的小旗帜以外，也没看出有什么特别。不过，老头儿看起来可是信心满满。他将绿色的小匣子摆放得端端正正，将镶有镜子的一面朝向太阳，随即就开始敲着身边的那面鼓。没错，清脆的鼓点声就是由他敲出来的！老头儿一边敲，一边放开喉咙喊道："都来看看吧，瞧瞧吧！"

拉洋片的老头儿身边里三层外三层围的都是孩子，他们眼巴巴地瞧着老头儿手中的绿色小匣子，瞧着小匣子上插着的小红旗，显然都心心念念想让这老头儿拉个洋片看看。只是谁来付钱呢？孩子们你看看我，我看看你，都在对方的眼睛里看到了窘迫的神色。一群小孩子哪里能有钱呢？

不过，小孩子们总是有办法的，他们交头接耳地说了一会儿悄悄话，就有一个孩子拨开人群跑了出去，不一会儿就拉过来了一个胖乎乎的小男孩。他踮着脚，给老头儿递上来一枚五分钱的硬币。老头儿笑着点了点头，指了指那只绿色的洋片匣子。胖乎乎的小男孩高兴得满脸通红，连忙凑了上去，按照老头儿的指示，将眼睛凑到了小匣子前的镜片上。周围的孩子眼巴巴地看着他，明显也想凑过去看一看。

咚、咚、咚……老头儿的手鼓又一下下敲了起来，他一边敲，一边唱起了歌谣，声音顿挫有力。

"那边的普里姆将军过来了，他胯下的白马威风凛凛……"

老头儿一心二用，一边敲鼓一边唱歌谣，鼓点节奏越敲越快，而歌谣中的故事情节也在不断变化："就在巴塞罗那的码头边……"

胖乎乎的小男孩看完了洋片匣子，一双眼睛亮晶晶的，忙不迭地鼓掌叫好。一看到这幅情景，周围的孩子们一个个都忍不住了，他们匆匆忙忙跑回家去，将父母生拉硬拽带到了拉洋片的老头儿面前，哀求他们付钱让自己看看这奇妙的洋片匣子。老头儿得到了一枚又一枚硬币，也就爽快地放了一场又一场洋片。

"哎呀，马儿跑到了哪里？跑到了哈瓦那城堡里！"孩子们一边看，老头儿一边在旁边抑扬顿挫地讲解着，孩子们又惊又喜，忍不住大呼小叫起来。

嘈杂的声音吸引了街对面店铺里的小姑娘，吸引了路边的小狗，吸引了所有过路的人，就连小银也忍不住想要看看"洋片"到底是什么稀罕的东西。它毫不客气地挤进了人群里，将脑袋凑到了绿色的小匣子前。

"哎哟，你来干什么呀，小家伙？"拉洋片的老头儿被吓了一跳，忍不住笑了起来，"你也是来看洋片的吗？那可不行，你还没给钱呢！"

周围的孩子们全都哄笑了起来，他们纷纷跑到了拉洋片的老头儿身边，请求再放一次，让他们看个够。

路边的小野花

这条路是进出小镇的唯一通道，几个春秋以来，我和小银已经不知道走过多少回了。今天我突然在这条路上看到一个新鲜的东西。

小银，快看呐，那朵漂亮的小野花！小银循着我手指的方向看去，果然发现那朵小花。真是一朵纯洁无瑕的花儿啊！它生长的这条路，每天都有很多人赶着牛羊、马匹走过，在这些高大的生物脚下，它看起来渺小得不得了，一不小心就会被踏进泥土里。但它十分幸运，躲过了所有的危险，开出了漂亮的花，那淡紫色的花瓣竟然连一丝尘埃都没有沾染。

这么渺小的一朵花，看起来那样娇弱，但它仍傲然地站在那里，纤弱的外表下却透露出些许坚定的意味，我不禁被它的精神感染了。

接下来的日子里，我和小银走出小镇准备去郊外的一处小坡时，总能够看到这朵小花在朝着每一位路人绽放笑颜。或许它的纯洁娇弱让人们升起了丝丝怜爱，所以不曾忍心伤害它。今天我和小银一如既往走过的时候，看到了一只小鸟在它身边。那只小鸟胆子很小，刚刚听到我们靠近的脚步声就飞走了。我对它的这种警觉十分疑惑，毕竟我和小银向来是很善待这些小精灵的，因此在果园、树林间或者我们的房子边，总能轻易地接近这些鸟雀。

夏季是一个极喜欢下雨的季节，这朵淡紫色的小花因此变成了路边草丛里唯一一个"矮脚杯"。它经常会将夏云变换的甘露收集起来，热情地招呼路过的蜂蝶品尝。于是，总有蜜蜂品尝之后还顺走了它花蕊上的香粉；蝴蝶也总喜欢围着它飞舞旋转。

小银，这朵花的花期不会很长，也许再过几天，它娇艳的花瓣就凋零了。但是它会在我的记忆里盛开，永远不会凋谢。小银，对我来说它的生命就像我漫长人生中那短暂的童年时光，或者说是我和你相处的时光里的某一个短暂的春天。小银啊！你说，秋天最喜欢什么样的礼物？我想要讨得它的欢心，让这朵小花能够在世间也永远绽放。要是我成功了的话，我和你是不是也能恒久地陪伴彼此呢？

洛德

小银，你知道洛德是谁吗？是的，我知道你还不知道，因为你还不懂得怎么看照片呢。让我来告诉你吧，你面前的这张照片上有一只小狗，那就是洛德，村子里的人都非常喜欢它呢。

看到了吗？你应该很熟悉照片里的景色吧？大理石院子里摆放着一盆盆漂亮的海棠花，花盆旁边有一只小狗正在阳光下呼呼大睡，没错，那就是洛德呀！

洛德的故乡在遥远的塞维利亚，当我见到它的时候，我正在塞维利亚研究绘画。要是讲讲我们相遇的故事，那就说来话长了！那一天，我看见洛德轻快地跑过了塞维利亚的大街，可真是引人注目呢！它跑得快极了，简直就像是一道雪白的闪电，可是谁能见过这么漂亮的闪电呢？它胖乎乎的，却流露出一股机灵劲儿，一跑一跳都又快又稳当。我打了个呼哨，伸手向它打招呼，它就向我看了过来。那双眼睛里蕴含着无尽的感情，在我和它四目相交的一瞬间，我都忍不住屏住了呼吸。

洛德是一只非常聪明的小狗，就和你一样，小银！它时不时会冲着太阳汪汪大叫，时不时又会低下头去，小心翼翼地嗅着花丛中的百合花。没有人知道它在想些什么，但我确信，洛德比不少人类要聪明得多！举个例子来说，洛德懂得如何鉴赏美术。那天是个阳光明媚的好日子，屋子里的彩色玻璃在日光照射下熠熠生辉，洛德忍不住停下了脚步，它呆愣愣地看了玻璃一会儿，很快就兴奋地汪汪大叫起来，还绕着玻璃不断转圈儿。我说得没错吧？它就是一只非常聪明的小狗！

只不过，洛德太顽皮了。屋檐下鸟巢里的那窝燕子经常受到它的惊吓，很快就搬了家。诸如此类的好玩事儿还多着呢！

我家里的所有人都非常喜欢洛德，女佣玛卡里亚尤其喜欢它。每天清晨，玛卡里亚都会打来一盆水，仔仔细细地给洛德洗澡，使它的一身白色皮毛总是干干净净的，简直就像一个小雪团儿。

在我人生的低谷时刻，我父亲去世的时候，洛德陪伴在我的身边。我整夜守在灵堂里陪伴父亲，而洛德整夜守在我身边，安安静静地陪伴着我。

后来我母亲病得很重，洛德也跟着我们一起忧心忡忡。它吃不下东西，也不愿意喝水，没日没夜地在我母亲的床边转来转去，发出轻轻的叫声。看啊，洛德是真的将我们看作家人了！

但是，可怕的事情发生了。就在那一天，洛德被一只疯狗意外咬伤了。周围的人都说洛德会染上狂犬病，所以将它远远地带到了卡斯蒂约酒窖外，牢牢拴在一棵大杏树下，不准它靠近任何人。

每当我想起那一天，真是觉得痛彻心扉！我仍然记得洛德用泪光莹莹的眼睛望向我，向我小声哀叫的那副模样，它是在恳求我们对它施以援手呀。可是我什么都做不了，我真是痛恨这样无能为力的自己！

你一定会明白我那时候的痛苦吧，小银。对我而言，洛德并不是宠物，而是我们最亲的家人。它就像是一颗星星，时刻照耀着我前行的路。我不敢想象，洛德临死前究竟受了多少苦呢？我总会一次次想起它。如果这世上存在天堂，洛德一定已经前往天堂了。真希望它能够在天堂得到平静……

卖杏子

我经常带着小银去萨尔小巷慢慢地散步。小巷两边的墙壁雪白雪白的，在日光的照耀下，有时会泛起神奇的颜色。不过，如果绕到小巷南面，看到的就是另外一番景象了。那里的墙壁破破烂烂的，带有腐蚀性的海风磨损着墙体，墙皮大块大块地剥落下来，黑乎乎、脏兮兮的，显得丑陋无比。

就在这样一条偏僻的小巷里，我看见一个孩子牵着小毛驴走了过来。这孩子的个子很矮，一副营养不良的模样，过大的草帽几乎罩住了他的整张脸。我侧耳听去，听到草帽下传来了一段低低的歌。小银，你听到了吗？

"……太累了，我太累了，我一遍一遍地向她哀求……"

孩子一边唱着奇怪的歌，一边放开了他手里的小毛驴。毛驴迈着沉重的步子，凑到路边去吃草。那些草生长在破损的墙壁下面，看起来也都是脏兮兮的，我从来不会让小银吃那样的草。

然而，面前的这头小毛驴看起来实在是憔悴极了。它无精打采，走起路来也像是站不稳似的，走得非常慢。他们一人一驴都显得疲惫不堪，慢慢地走到了街道上。小男孩拉住了毛驴的缰绳，左右看看，找了个街边的位置站好。他清了清喉咙，张开嘴巴吆喝起来。

"卖杏子啦——看看我卖的新鲜杏子吧！"

他努力想要装成大人的样子，可是他的小矮个儿和稚嫩的童音明显还是个孩子。周围的路人看了看他，又走近看了看他篮子里的杏子，撇撇嘴，露出了不感兴趣的模样。

没有人来买他的杏子，可是这孩子看上去却并不懊丧。他摆弄着自己的帽子，再一次小声地哼起了歌。这次我听清了，他是在唱着一首吉卜赛歌谣。

"我不会怪你的，放心吧……我会原谅你，这次是这样，下次也是这样……"

孩子一边哼着歌，一边随手捡起了一根小木棍，他用木棍轻轻敲打着石头，自己给自己打着节奏。

暖烘烘的风吹了过来，风里带着热腾腾的烤面包和松枝的好闻味道。教堂那边的大钟咚咚地敲了起来，三点了，街道另一头远远传来了人们的说笑声，他们是在议论着即将到来的节日吧。一阵阵喧哗声响起，马车吱吱呀呀驶过街面，钟声仍然回荡在人群中间……

每当我听到这样的钟声，就会想起眼前的这一幕，这就是我的家乡。空气中泛着海浪的咸腥气味，而钟声就在海风中一声接一声……

卖杏子的孩子也不再唱歌了，他似乎也沉浸在了这样的钟声中，忘了自己要做什么。

渐渐地，钟声停了，人们照旧去做自己的事情，而卖杏子的孩子也如梦初醒，连忙吆喝了起来。

"卖杏子——都来看看我的杏子吧！"

小银眨巴着眼睛，好奇地打量着这个卖杏子的小孩子。它绕着那头憔悴的毛驴转了两圈，用脑袋轻轻地蹭了蹭对方。是的，这就是毛驴之间打招呼的特殊方式，从这一点上来说，它们倒有些像熊。

"小银，你也非常喜欢这孩子和他的毛驴，是不是？"我对着小银笑了起来，"这样吧，我和这孩子交换毛驴，你看怎么样？说不定，卖杏子的工作也很有趣呢！"

小银打了个响鼻儿，显然对我的提议并不感兴趣。我也只是和他闹着玩儿而已，我才舍不得将小银送给其他人呢！

节日的夜晚

今天是节庆日，小镇上正在举行盛大的庆祝仪式。夜晚的广场上，人们点起篝火，熊熊的烈火让月亮和星星都黯然失色了。一阵微风吹过，带着模糊的曲调。我听出来了，那是镇子上的人们正在跳华尔兹。

节庆日上的各色灯光打在教堂紧闭的钟楼上，黄色的、暗紫色的、天蓝色的光亮并没有让夜色下肃穆的教堂显出些许柔和来，而是更加增添了一份僵硬。它就像一个封建时期冷酷无情的大家长，面对眼前热闹的节日，依旧一脸严肃地沉默着，与欢庆节日的场面格格不入。

小镇的边缘上是一排酿葡萄酒的酒窖，此时所有的人都在镇子中央狂欢，没人看顾酒窖，因此那边黑沉沉的。酒窖的背后则是广袤的田野，黑夜无法攻陷镇子中心的各色光亮，只能潜伏在不远处的田野，伺机出动。此刻的田野见不到一丝光亮。

月似乎也不愿再与地面的光亮作无谓的抗争，于是它默默地走到河边，正准备悄然离开。

郊外孤寂的大树只能以影子为伴，蟋蟀的夜晚演唱会并没有吸引来什么观众，所以它也只是有一搭没一搭地唱着。小河水似乎也对这庆典没什么兴趣，早早地睡下了，凝神细听，仿佛还能听到它在说梦话。

空气在夜晚四处游荡，不知不觉竟沾湿了衣裳，它急于找到热源烘干，于是它们朝着星星而去，没想到，星星似乎也被它们润湿融化……小银突然在驴棚里哀鸣起来。

不知道是谁家院子里的山羊被惊醒了，它烦躁地在畜棚里走来走去，脖子上的铃铛也随之响了起来，接连不断清脆的铃铛声惊醒了更远处的某匹驴子，它发出了不满的嘶鸣……随后，一只被吵醒的狗大叫起来，似乎在埋怨自己的美梦被打搅……

墨色的夜空此时却开始渐渐褪色了，庭院中的花朵依旧像白天那样绽放着，它的样子一点儿都没变。远处街角的一栋房子边，红色灯笼暗淡的光晕下，一个身影快速地闪过，他朝着街角拐去，不一会儿又淹没在黑暗中。你是不是在想这个孤独的男人是我？不，不是的，我现在正在静静地聆听我内心的低语，在湿润的带着芳香的空气中，斑驳的树影下，阵阵清风抚摸着我的脸颊，我闻出来了，空气中有紫丁香的味道……

我脚下的大地在旋转着，它是那样的温柔，常常会让你忘记它的存在。

睡午觉

我在果园的两棵较粗的无花果树之间拴了一个简易的吊床。在树荫下美美地睡了一觉。等我再次睁开蒙眬的双眼时，刺眼的阳光此时已经变成了微弱的淡黄色，大地被这昏黄的光晕染上了一种忧伤的气氛。

我刚睡醒，额头上还有一层薄汗，这时一阵干燥的凉风吹来，其中夹杂着一股淡淡的野花香。高大的老无花果树温柔地摇晃着树叶，斑驳的阳光打在我的脸上，晃动的光线刺得我的眼睛很不舒服。

这时风似乎大了起来，连带着树枝也开始摇晃，此时的我就像坐在摇篮中，听树叶唱着轻柔的歌谣，感受风儿像母亲一般轻轻摇晃着我的"摇篮"，一会儿将我摇进树荫下，一会儿又将我送进阳光里……

不远处的小镇静谧地近乎荒凉，这时，教堂的晚钟敲响了，这是在告诉人们祷告的时间到了。钟声敲了三下，带动着小镇上空水晶般剔透的空气泛起了涟漪。小银趁我午睡的时候偷吃了我的大西瓜，甘甜的汁水顺着它的口腔滴滴答答流到了地上，更多的却是被它送进了胃里。钟声传来时，它似乎意识到我会发现它在偷吃，于是它瞪着一双黑曜石般的眼睛静静地看着我。

它这样傻呆呆的样子，令我不禁有些想笑。不过很快瞌睡虫又在拉着我的眼皮，试图将它合上。我的眼皮越来越重了，于是干脆不挣扎了，再次进入梦乡。这个时候我感觉自己变成了一只蝴蝶，乘着风不断朝着高处飞去……

被踢了一蹶子

这天下午的天气非常好，我和朋友们一起去蒙特马约尔农场做客，参观农场的马掌铺。人们都在这里高谈阔论，不时发出哈哈大笑声，农场后面远远传来了马和小狗的叫声，这可真是一个奇妙的谈话环境呢。

小银并不喜欢这里，自从它看到了马厩里的那几匹高头大马，它的情绪就变得非常坏，它在角落里转来转去，不时打着响鼻儿。

"别不高兴啦，小银！"我抚摸着它的脊背，安抚地说，"等你再长大一些，就能跟我们一起去玩儿啦！"

但是我说的话并没有安慰到小银，它仍然闷闷不乐地在角落里转来转去，甚至不愿意看我一眼。我实在没办法了，只能举起双手投降："好吧，好吧，我会带你一块儿去玩的！这下你总该高兴了吧？"

小银眼睛一亮，果然变得欢欣雀跃了，立刻用小脑袋来蹭我的手。

我们来到了一望无际的麦田之中，庄稼随着微风轻轻摇曳，我骑在小银的脊背上，轻快地在田埂上奔跑。这可是我从未感受过的生活呢！极目远眺，海浪正在远处微微翻涌着，这时没有风，阳光下的海面仿佛是一个娴静的淑女，微微泛着涟漪的海浪就是她那精致的裙摆。

不一会儿，骏马们就超过了我们。和它们比较起来，小银实在是个可怜的小不点儿。骏马们甚至不屑于多看小银一眼，它们嘶鸣着越过了它。小银生气了，它不顾一切地跑了起来，下定决心要和这些骏马争个高低。

"砰！"就在这时，一声巨响传来，我们所有人都被吓了一跳。是枪声！难道是谁的手枪走火了吗？就在这一片慌乱之中，小银没能刹住脚步，一头撞在了前面的小马身上。那匹小马陡然被撞，误以为小银对它发起了攻击，毫不客气地踢了小银一蹶子！

没有人注意到这一切。人们纷纷询问刚才的枪声是怎么回事，确认只是意外以后，他们就再一次说笑了起来。但是我可不一样，我所有的注意力都在小银身上，刚才它被小马踢了一蹶子，我可是看得清清楚楚！

我连忙从小银脊背上跳了下来，仔细检查它的伤势。小银的蹄子被小马踢中了，伤口汩汩地流出血来，它疼得连站也站不稳，只能摇摇晃晃地往前走。

这可真是我无法预料的意外情况！我连忙动手为小银包扎了伤口，催促它立刻回去养伤："你现在必须回去，要不然，伤口就会继续恶化的！回去吧，小银，走吧！"

小银垂头丧气地在原地转了几圈，可是它也知道，现在应该将它的身体状况放在第一位，只好闷闷不乐地离开了。走出去好远之后，它回头看着我所在的方向，发出依依不舍的嘶鸣声。我看得出来，小银是真的很希望能和我们一起玩儿。

小银受伤以后，我整天都魂不守舍，满心惦记着它的伤势。好不容易结束了旅程，我匆匆忙忙回到家看望小银，它的伤口已经渐渐恢复了，只不过还是难免疼痛，小银撒娇地蹭了蹭我，显然还是很沮丧。

"等到下次吧，小银，我保证会带你一起去玩儿的。"我轻轻抚摸着它的皮毛，抵着它的耳朵，小声说着，"等你的伤口愈合以后，等你长大以后……"

驴畜学

由于我和小银是亲密的好朋友，在日常生活中，我会关注所有和驴子相关的事情。这天，当我在随意翻书的时候，就在词典里看到了"驴畜学"一词，这个词是专指驴子的一切形貌特征的，但它带着一些贬义的味道。

我不得不说，人们对待毛驴是怀着偏见的，而我根本不明白这是为什么。照我看，驴子是人们忠实的朋友。它们有着纯真的心灵，它们善良，能干，任劳任怨。可为什么人们在谈起它们的时候，总是多多少少带着鄙夷呢？难道驴子就不值得尊重吗？

我真恨不得立刻拿起笔来，涂掉"驴畜学"这个词语下的解释，重新定义驴子的特征。我会尽我所能歌颂驴子相关的一切，夸赞它的所有优点，对了，我还要在"驴子"和"善行"之间画等号，在"人类"和"恶行"之间画等号！

小银啊小银，请相信我，我会对所有人述说你的优点，我会告诉他们，你是一头聪明又善良的小毛驴，愿意为人类付出一切，会尽可能地帮助人类。所有和你相处过的人类都喜欢上了你，难道不是吗？他们经常牵着你的缰绳，和你小声说话，还会采摘来许许多多的鲜花鲜果喂给你吃。无论是太阳、月亮、鲜花、蝴蝶还是河流，它们都将你看作最重要的朋友。我敢打赌，人类远远没有你受欢迎呢！既然如此，他们凭什么要用高高在上的语气解释"驴畜学"呢？我真不知道他们是怎么想的。

我冲着小银一口气说了这么多，可它只是温柔地眨了眨眼睛，探头蹭了蹭我。是啊，小银总是这样宽容，它的目光比月亮更加纯净，比太阳更加温暖，在它的身边，我的心灵总是能够得到平静。

小银明白这一切，它明白有些人类对它心存鄙夷，可是它并不会因此而仇视人类。小银的善良和高尚实在是令很多人类望尘莫及。尤其是那些编写"驴畜学"词条的人，他们根本不明白小银是一头多么可爱的小毛驴。

我拿起了我的笔，重重地划掉了"驴畜学"词条下原本的解释，将它改成了另一句话：驴畜学，用以嘲讽那些自私自大的人类，尤其是那些编写词典却愚昧无知的人。

第六章

酸甜的时光

漫步

我总是会带着小银外出散步，尤其是在夏天，前往山里散步远足是我们最喜欢做的事情。

夏天是青绿色的季节，野草茂盛，野花在我们脚边盛开，泥土的气味混进了风里，我闭上眼睛，深深地嗅闻着大自然的清香味道。

我很喜欢大自然的怀抱，有时我会带来一本书，躺在树荫下从头翻到尾；有时我会轻轻哼着一首动人的歌，将它唱给花草树木；有些时候我灵感涌现，会现场做出一首诗来，赞颂这大自然的优美风光呢。

而小银就和我不一样了，它总是全神贯注地行走在小路上，仔细辨别着路边生长的花花草草。当它看到一株很感兴趣的植物时，就会探头过去将它叼进嘴里。小银特别喜欢吃锦葵花，尽管野外的锦葵花都算不上洁净，但是小银对此并不介意。它一边吃，一边玩，一边欣赏景色，走走停停，越走越慢。不过，我并没有将这些放在心上。外出散步本来就是一件放松的事情，我为什么要对小银横加干涉呢？

瞧，远方的蓝天、田野和河流构成了一幅多么动人的油画啊！鲜艳的色彩布满了每一寸地方：植物葱翠的绿色、田野间粲然的黄色、太阳那炽烈的红色，还有河边船上的白色船帆，越过山头，隐约能看见那边升起了黑烟，难道是出现了意外火灾吗……

对于我和小银而言，我们并没有将这一次外出郊游放在心上，因为我们实在有过太多类似的经历了。今天也不过是我们许多平凡日子中的一天而已。无论是田野、河流，还是糟糕的火灾，我们都见过太多了。

走着走着，我们离开了刚才那片田野，走进了一片可爱的橘子林。空气中弥漫着柑橘特有的清新味道，水车吱吱呀呀，仿佛在欢迎我们的到来。小银非常喜欢这儿，它在林子里转了好几圈儿，兴冲冲地叫了起来。

"别着急，小银，后面的风景还多着呢！"我拍了拍它的小脑袋，我们又往前走去。这一次，我们走到了一座水库旁，我双手捧了甘甜的水，一口气喝了个饱。"小银，你也快来尝尝看吧！"我对它叫道，小银听话地凑了上来，它喝水时就简单多了，只需要将嘴巴探到水面上，就可以咕嘟嘟、咕嘟嘟地喝起来了。看着它那副可爱的模样，我忍不住笑了起来。

印章

小银，你拥有过自己的印章吗？我猜，肯定没有吧？让我告诉你印章是什么：它像是一只小小的鸟儿，而它的鸟巢就是一只小小的印章盒子，盒子里藏着紫色的印泥。如果没有印泥，印章也就无法发挥效用了。我将印章取出来，呵一口热气，在合适的地方使劲儿一印——印章上的字就显现出来啦！

这枚印章属于我的朋友，印章上刻的是他的名字——弗朗西斯科·鲁伊斯·莫盖尔。

我实在太喜欢这枚小家伙了，我想在所有的地方都印上印章。然而我并不能这么做，因为这枚印章是属于我朋友的。怎样才能拥有一枚印章呢？这个问题，可真是让我头疼不已。我曾经试图自己动手做一枚印章。我用零散的铅字拼成我的名字，抹上墨水，印在各种地方。然而铅字毕竟无法代替印章，印出来的字迹脏乎乎的，完全不能和印章相比。那么，我到底该怎么办呢？

令我没想到的是，我很快就遇上了一个好机会。那天，塞维利亚的银匠阿里亚斯上门兜售货物，和他一起来的是一个卖文具的货郎，他们向我仔细地介绍着他们的每一样商品：尺子、圆规、笔、墨水、印章——没错，就是我心心念念的印章！

我连忙向他们询问印章的种类，而他们告诉我，无论我想要什么样的印章，他们都能刻成。

得到了银匠先生的承诺，我就下定了决心，拿出了我的存钱罐，将里面所有的银币都堆到了银匠先生的面前，"请您把它们拿去吧！"我说，"我只想得到一枚刻着我名字的印章，最好再刻上村子的名字。"

"放心吧！"银匠先生收下了钱，对我说道，"一星期以后，我就把你要的印章寄来。"

对我而言，那简直是我生命中最为漫长的一个星期！我每天都在路边翘首以待，当邮差的声音响起时，我总是第一个冲出家门。没办法，我实在是太期待我的印章了！

终于，约定的日期到来了。邮差高声叫着我的名字，我连忙冲了出去，呼哧呼哧喘着粗气，一颗心跳得飞快，我从邮差手中接过了那只精致的印章盒。是的，它和我梦中的模样完全相同，打开盒子，铅笔和钢笔映入了我的眼帘，还有最重要的东西，就是那枚刻有我名字的印章——一枚真正的、闪闪发光的印章！

印章上刻着我的名字，胡安·拉蒙·希梅内斯，这就意味着这枚印章是只属于我一个人的。我迫不及待地想要将这个好消息和所有人分享。我在我的书本、衬衫、帽子和靴子上都印上了印章，只要别人一看见，就知道这样东西是属于我的。

我会非常珍爱这枚印章的，我保证！就算朋友们向我借，我也会仔细地想一想，再慎重借出。这不是因为我小气，而是因为印章实在太容易被磨损了。万一它被磨坏了，那可怎么办？

我一遍一遍地在家里转来转去，确认所有属于我的东西都印上了我的名字，这才心满意足地将它们收进了我随身的背包里，带着它们上学去了。

狗妈妈

每当我们去往雅诺斯，就很容易在那里看到猎人洛巴托的身影。你还记不记得呢，小银？你非常喜欢洛巴托的那只小狗，对不对？它看起来漂亮极啦，毛色黄白相间，比傍晚的霞光更加明艳漂亮呢！

不久之后，那只漂亮的小狗成了四只小狗的妈妈，它算得上是一位尽职尽责的好妈妈了。但是，厄运降临在了它的身上。卖牛人沙鲁德抢走了它所有的小狗，据说要把它们做成狗肉汤，用来给自己的儿子治病——听听吧，这是一种多么残忍的治病方式啊！

你还记得洛巴托家到马德雷斯桥之间的距离有多长吗，小银？我们整整走了一天，中间还在塔布拉斯小路歇了好几回脚，你是记得的吧？

没错。狗妈妈的四个孩子就是被带到了遥远的马德雷斯桥，而狗妈妈并不知道这一点。它每天都在附近慌慌张张地寻找着自己的孩子，用沙哑变调的嗓音汪汪叫着，它爬上高山，蹚过小河，在每一个过路人身边嗅来嗅去，希望能够捕捉到自己孩子的熟悉气味。

然而，这样的搜寻几乎是毫无意义的，没有人相信狗妈妈还能找到它的孩子。有时候，过路的好心人会摸一摸狗妈妈的脑袋，给它留下一点儿食物。但它总是无精打采地蜷缩在奥尔诺斯茅屋旁边的土包上，不想吃东西，也不想动弹，只是时不时发出悲伤的哀鸣声，看起来可怜极了。

"这样下去肯定会越来越糟的。"有人叹着气说，"它非但找不到孩子，自己还会生一场大病呢。"

不过，这个人的预言并没有成真。没过多久，住在周围的人都听说，狗妈妈在一个漆黑的夜晚跑到了马德雷斯桥附近的沙鲁德家，在那里找到了自己的孩子！狗妈妈无法一次带回四只小狗，只能连续不断地在那条山路上奔行了四次，将四只小狗全部带回了洛巴托家！我想，在那个寒冷漆黑的深夜，当狗妈妈独自奔跑在崎岖山道上的时候，它心里的情感是滚烫的，那滚烫的感情就是母爱！

次日清晨，猎人洛巴托推开了门，被吓了一大跳。消失了很多天的四只小狗全都蜷缩在狗妈妈身边，正依偎在妈妈的怀抱里喝奶呢。眼前的这一幕，是狗妈妈的无数心血换来的啊……

夏令

小银对于夏天没有多大好感，因为夏天的牛虻实在是太讨厌了！它们不断叮咬着小银，吸食鲜血，小银只能一次一次地甩动尾巴驱赶它们。

而夏天是蝉最喜欢的季节，它们藏身在大树的枝叶里，一刻不停地鸣叫着："知了，知了……"

而我呢，我很喜欢在夏天那热乎乎的风里睡午觉，暖洋洋的，仿佛泡了个舒服的热水澡。一天中午，我正躺在小银脊背上打盹儿，全心全意沉浸在自己的美梦里，忽然闻到了一股淡淡的咸腥味。咦，这是海风的味道吗？我睁开眼睛，兴奋得跳了起来。没错！小银将我带到了海边！日光下的海水泛起粼粼波光，细软的沙子也被太阳晒得热乎乎的，我赤脚在沙滩上奔跑着，掬起一捧清凉的海水浇在脸上，深深嗅闻着海风那咸腥的味道。

我真是喜欢这样的夏日！

夏日的植物也是丰富多彩的，青绿的野草、缤纷的野花、一丛丛灌木植物交织成了夏日的植物海洋。有谁能拒绝这个季节的玫瑰花呢？诱人的花香与艳丽的色泽相得益彰，仿佛是贵族少女的回眸一笑。至于那一颗颗花骨朵，比最莹润的珍珠还要美丽，这就是大自然赐予我们的无价之宝啊！每每走到树林深处，我都想拨开这里缭绕的雾气，去寻找自然深处的秘密。神秘莫测的大自然中，藏着多少宝藏呢？

瞧，树林里飞过去了一只黄黑相间的鸟儿！它的羽毛颜色可真是奇怪，黄色羽毛中遍布着一条一条黑色的花纹，是我从来没有见过的一种鸟儿。它并不叽叽喳喳地叫唤，只是高高地站在树梢上，一声不响。

"走开！走开！"园子另一头传来了园丁的呵斥声。对园丁们而言，鸟儿大概是世界上最讨厌的生物了，园丁们想尽办法也不能阻止鸟儿们啃食新长出来的橘子，只能通过一次次巡逻驱赶，将它们轰出果园。

我和小银照旧散步，我们缓步走到一棵胡桃树下，享受着这里难得的绿荫。我摘来两个大西瓜切开，甘甜的果汁沿着瓜皮边缘滴下来，我迫不及待地吃了起来，沾了满脸的红色瓜瓤也不知道。啊！能够在这炎热的夏天舒舒服服地吃一口甜滋滋的西瓜，可真是难得的享受啊！

大口大口地吃完了西瓜，我和小银一起坐在树荫下休息。我闭着眼睛，远远听到村子那头传来了人们慢悠悠的交谈声和说笑声，这就是独属于夏日村庄的烟火气吧。我睁开眼睛，想要和小银分享这一瞬间的心情，可是仔细一看，它还在埋头咔嚓咔嚓地吃西瓜呢！

夜晚的音乐家

四季之中，夏季的夜是最适合散步的。太阳落山之后，白日的暑热被一阵阵清凉的晚风吹散。我很喜欢在这样的夜晚带着小银出去散步，久而久之，我们对夏夜里最爱歌唱的音乐家——蟋蟀已经十分熟悉了。

夏天的草丛就是蟋蟀的舞台，每当天际最后一丝光消失的时候，它们便开始唱起歌。在很多人印象中，蟋蟀绝对是昆虫界当之无愧的男高音，它们聚在一起合唱的时候，对人们的耳膜有绝对的穿透力。

不过，如果你听过蟋蟀在夜幕降临时唱的第一支歌的话，你会发现，这些男高音也会有嗓子沙哑的时候。或者可以理解为，它们总要在真正的夜晚降临之前打开自己沉寂了一整天的嗓子，第一支歌纯属用于练声。接下来它们的声音会一点点提高，直到将歌声调到一个令自己满意并且能够一整晚保持的高度。当夜空中突然闪出点点星光的时候，它们的演唱才真正开始。

混合着各种馨香的晚风柔柔地拂过我的脸颊，郊外原野上的花朵此刻不再争芳斗艳，它们依旧盛开着，不过现在只是为了感受晚风的柔和，顺便将自己的芬芳洒在风的身上，让它把自己的香味带去远方。此时蟋蟀已经欢唱起来了，它们的清丽嘹亮的歌声在山坡上不断回荡。它们没有了刚刚试音时的低哑、犹豫，唱出的每一个音符都是紧密相连着的，犹如山间喷涌的清泉一般，源源不断。

如果世间没有战争，是不是各个地方的夏日都能有这样祥和的夜晚？人们能够安然沉睡，在梦中遨游天际。在皎洁的月光下，一方长满爬山虎的矮墙前，一对情侣正在互诉衷肠；田野里的蚕豆将自己的花香送入村庄，向人们传达着来日丰收的讯息，那样子好像一个即将获得成功的男孩，正迫不及待地向父母报告喜讯；青绿色的麦子拉着晚风跳起了华尔兹。这样热闹的夜晚把人们的注意力都分散了，蟋蟀拼尽全力歌唱，也没能将焦点全部聚集在它身上。

夜更深了，晚风不知何时将露水带在了身上，边走边朝着大地抛洒。和下雨不一样，晚风带来的露水是无声无息的，直到某一刻，你的周身突然寒冷起来，才惊觉，周围的花草早已凝聚起点点晶莹透亮的珍珠，在月下闪着银光……小银，好冷啊，我们该回去睡觉了。

沿着小路走回去的时候，我和小银不小心碰落了无数晶莹珍珠，蟋蟀依旧在不停地鸣唱，它们是真的很喜欢这样醉人的夜晚，也许星星和月亮也正陶醉在它们的歌声中呢。

天际开始有了一点儿不一样的色彩，黑色的天空一点点淡化，变成了深蓝色，黎明很快就要降临了。小银，我们陶醉在这样的夜色中，都忘记时间了……

斗牛

一听到那群大嗓门的孩子围到我的窗户底下，吵吵嚷嚷地叫着我和小银的名字，我就知道他们在打什么主意了，小银，你知不知道呢？

"斗牛！斗牛！"

"让小银跟我们一块儿去玩吧！"

"那可不行。"我推开了家门，对他们摇了摇头，"小银只是一头小毛驴，并不是公牛啊。"

是的，斗牛是目前镇上的新潮流。所有的人都为斗牛而疯狂。他们争夺着每一场斗牛比赛的入场券，为了比赛情况而声嘶力竭地呼喊，就连附近的乐队也受到了邀请，在比赛场地周围露天演奏，得到了人们的一致欢迎。所有人都想去凑凑这个热闹，他们涌上街头，挤挤挨挨，争着想看一看斗牛比赛的盛况。

我还见过人们议论中的"卡纳里奥"，那是一辆黄灿灿的马车，专门为了斗牛比赛而定制的，到那辆车上坐一坐是每一个孩子的梦想。

花园里的花儿也被采买一空了，富人们将一束束鲜花献给贵妇，这些美丽的妇人们衣着光鲜，头戴花朵，翩然走进斗牛比赛的观众席就坐。而年轻人也并不逊色，他们身穿制作精良的高级衬衫，戴着特制的宽边帽，一边抽着雪茄一边含糊不清地说话，吞云吐雾，高谈阔论，身上混杂着马厩和酒的古怪气味，实在没法儿令人心生好感。

这时候已经是午后了，斗牛比赛很快就要开始，斗牛士正在进行最后的准备。人们怕影响斗牛士的状态，难得地保持了安静。我带着小银走出了家门。我对于人们议论的斗牛比赛没有一丁点儿兴趣，也不愿意去赛场凑热闹。我和小银从后门溜了出去，穿过九转十八弯的小胡同，一溜烟跑进了田野里。

看看这片广阔的田野吧，碧绿的青草随风摇曳，空气中飘散着丰收的气息，这才是真正值得我们为之欢呼的宝贵事物，斗牛算得了什么呢？我尽情拥抱着泥土和田野，向它们倾诉着我的真实感受，宽容的大地母亲静静地倾听着，它并不会责怪我们，因为它是如此深爱着我们啊。

我和小银沿着田埂慢慢向前走去，我忽然看到路边的果园门口坐着一位老人家，他懒洋洋地倚靠在扶手椅里，一边闭目养神，一边慢慢地摇着手里的扇子。他的神情是如此平静而满足，我凝视着他，本能地屏住了呼吸。在他的身上，我看到了真正的平和。

小镇那一头远远传来了比赛胜利的喧嚣声，那里的人们依然在为斗牛而疯狂。响亮的欢呼声一浪高过一浪，他们热切地赞美着节日，激动无比地吹捧着斗牛这项比赛。

此时此刻，我和小银静静地站在这片田野中，站在那位看守果园的老人家身边，感受着迎面吹来的海风，静静陷入沉思。只有在这种时候，我们才是与自己相伴的，才能够听到自己内心深处的声音。

小银，你此时的心情是否也和我相同呢？当我们一起站在海滩上的时候，你是否也觉得翻涌的海浪无边无际，与之相比，我们渺小得像是尘埃呢？在这种时刻，我就懂得灵魂是多么神奇了，它简直是造物者的杰作，我们穷尽一生，也无法完全探索灵魂的奥秘。

收葡萄

最近有一件大喜事，小银，你听说了吗？葡萄园里收获了不少沉甸甸的葡萄呢！周围的村民们都去葡萄园里帮忙，要将所有葡萄藤上的果实都摘下来可不是一件容易的事儿呢。等到摘完了果实，他们还要将这些葡萄都运到酒厂里，酿造美味的葡萄酒。

我留心了一下，没有看到运送葡萄的驴车，这件事可有点稀罕。按照往年的惯例，驴子是运送葡萄的主力军，这些驴子来自鲁塞纳、阿尔蒙特和巴洛斯，有些是由买主们赶来的，有些是由葡萄园园主买来的。它们排成长长的队伍，每头驴子身上都压着一只沉甸甸的葡萄筐。队伍领头的人一声吆喝，它们便迈开脚步，齐刷刷地向着酒厂走去。

一筐又一筐的葡萄被运进了酒厂里，经过许多天的发酵酿造，酒厂很快就打起招牌，开始售卖一桶桶新鲜的葡萄酒。酒香味儿飘进了村庄里，勾起了人们肚子里的馋虫。当人们路过酒厂门口的时候，都会停下脚步向里张望。不少妇人带来了家里的瓦罐与水壶，想要用葡萄酒灌满她们带来的容器。

在这种时候，小酒馆的生意迎来了黄金时期。村民们最喜欢光顾的酒馆就是狄斯莫酒馆了，他们挤挤挨挨地凑在吧台旁边，和身边的朋友大力碰杯，高兴得满脸通红。许多人喝酒后就会变得活泼健谈，他们喋喋不休地说着近年来发生的趣事，时不时爆发出大笑声。

在这种热闹的时候，我总是会想起你，小银，要是你能够在我身边陪伴着我就好了，我们可以一起去核桃树边的小酒馆里看热闹。我们可以溜进厨房，听听那里的洗碗工正在唱什么歌。我们可以偷偷去瞧瞧工人们是怎样酿酒的，我们跟上他们的脚步，穿梭在忙碌的酒厂里，敲敲装满了葡萄酒的桶壁。这一切该是多么有意思呀！除了这些事情以外，桶匠的工作也是难得一见的！瞧吧，他们全神贯注地摆弄着手里的木头，锐利的工具在他们手中就像是有了生命，左一刨，右一削，转眼之间，一只崭新的漂亮水桶就做成了。如果不是碰上葡萄大丰收，我们还看不到这一幕呢！

我绕着小酒馆跑了好几圈，从酒馆前门溜进去，又从后门跑出来，两扇门都被我推得吱呀作响，周围的人们循着声音看过来，都笑了起来。在这葡萄大丰收的季节，人们似乎也比平时更容易感受到快乐。

小银，你还记不记得往年的景象？那时候，我们镇上的葡萄酒生意做得比今年更大，将近二十个酒厂都赶在这段时间开工酿酒，所有的工人都在没日没夜地运输葡萄、处理葡萄、加工葡萄……他们的工作变得越来越多，但是从来没有人开口抱怨，他们从这份工作中感受到了前所未有的快乐。可是，今年的葡萄大丰收以后，却没有那么多酒厂开工了。我跑遍了每一个开工的酒厂，尽管氛围还很热闹，但是不能和以前的情况相提并论了。

小银，让我们也投入工作吧！要不然，其他的毛驴都要冲你生气了，你看它们肩头的担子多么沉重啊！

正在这时，几头毛驴迈着沉重的脚步走过我们身边，它们身上背着的箩筐里满满当当全都是葡萄，它们眼巴巴地看着小银的身影，似乎对它不用运送葡萄感到不解。我不想在这种时候出风头，连忙将小银拉到了不远处的葡萄园外，接过一筐葡萄，放在了小银的脊背上。不过，我可舍不得让小银始终做个搬运工，一到酒厂，我就卸下了小银身上的箩筐。就是现在，小银，我们赶快回家吧！

萨里托

这天午后，太阳照得人暖洋洋的，我在河边的葡萄园里忙忙碌碌，正值葡萄采摘的季节。一串串诱人的葡萄给我送来丰收喜悦的同时，也给我带来了忙不完的活儿，我从一大早忙到现在，累得直不起腰。

就在这个时候，有人走到篱笆外叫我的名字："先生，果园外有一位先生等着见您呢。"

谁会跑到这里来找我？我又是疑惑，又是好奇，连忙洗了脸和手，走向了果园大门。远远地，我看到了一个又黑又瘦的身影。我一眼就认出了他，惊喜地叫了出来："萨里托，是你吗？！"一边说着，一边朝他快步走去。

萨里托是我忠诚的朋友，他曾经为我的波多黎各女友罗莎里娜工作。

"是我，先生，很高兴再次见到您！"萨里托有些紧张地说，他向着我深深鞠了一躬。

"别这么客气，我的好朋友。快告诉我吧，你最近过得怎么样？现在在做什么工作呢？"

"我是从塞维利亚逃出来的，先生。"萨里托的声音很小，他低垂着头，显得很不好意思，"我去过很多村子，但是我待的时间都不长，我是前不久才来到这里的，现在只能做一做斗牛士的活儿，先生……您能不能给我一点儿吃的呢？我已经很久都没有吃饱过了……"

听了他的话，我才从老友重逢的喜悦中清醒过来，后知后觉地看到可怜的萨里托穿着一身破破烂烂的红斗篷，那是斗牛士穿的衣服，不管是谁都能一眼看出他的落魄，他明显是无路可走了。也不知道他的内心斗争了多久，才选择来我这里讨口吃食。

旁边的工人瞥了一眼萨里托，发出了不满的冷哼声。他们都不太看得起这个穷困潦倒的人，不时冲他翻一个白眼。处于这样的环境之中，萨里托显得浑身僵硬，他局促地用手去拨弄衣角，双唇紧抿着，把头勾得很低，尽可能不和别人的视线接触。

我仔细地看着他，他一身的脏污，脸上还有一块块伤口，看来他这一路逃亡也吃了不少苦。我连忙问道："你的耳朵怎么了？发生了什么事？"

"不，不严重。"萨里托摸了摸自己的耳朵，低下了头，"前几天打架留下的伤口，那个坏小子咬了我的耳朵。您别担心，这个小伤口算不了什么。"

萨里托好像有些害怕我，又好像是不习惯接受别人的好意，他始终不敢直视我的眼睛，总是微微低着头和我说话。要是有人在这时候从远处看着我俩，还以为我在训斥一个做错事的工人。就在这时，小银摇摇摆摆地走了过来，它还认识萨里托，热情地跟他打招呼，萨里托当即抚摸着它的脊背，为它梳理皮毛。这时，萨里托的精神状态明显变得好多了。看来小银的到来给予了他莫大的安慰，这样的安慰，是我这个老朋友都无法带来的。

我没有再追问萨里托的情况，而是立刻让人给他安排了一顿午饭。萨里托起初可能因为身处陌生环境，局促不安，吃得很小心，过了一会儿，他吃东西的速度变得越来越快，最后几乎是风卷残云了，看到这一幕，我真是忍不住心酸。

我和小银一起默默地陪伴着萨里托，我衷心希望他未来的日子能够过得好一些。

烟花

每到九月，就是村子里最热闹的时候。村民们为了庆祝节日，会在村子里挂出各式各样的彩色绸带，点亮红红绿绿的小彩灯，就算太阳下山以后，我们的村子也是一片喜气洋洋。

我和小银结束了果园的工作以后，经常会沿着果园后的小径去往不远处的一座小山，感受空气中淡淡的花香果香，尽情放松自己。这天晚上，我们就在这里欣赏到了难得一见的烟花。

等到天色彻底黑下来以后，烟花表演就正式开始了。噼里啪啦的鞭炮声是烟花表演的前兆，礼花蹿上天际爆开，绽放出明亮璀璨的花朵形状，一瞬间照亮了整个夜空。细细碎碎的光点从天空中落了下来，地面被各种颜色的烟花照亮了，一会儿红艳艳的，一会儿黄澄澄的，真是让人目不暇接。

要说烟花的种类，也真是令我大开眼界了。有些烟花拖着长长的尾巴，像是流星般划过天际，一瞬即逝；有些烟花爆开之后形成了胖娃娃的形状，憨态可掬，让人一看就忍不住喜欢；有些烟花被做成了小鸟、小花、鱼儿、蝴蝶的形状，可真是让人眼花缭乱啊……

深夜时分的天幕被映照得缤纷璀璨，星星和月亮习惯了孤寂的生活氛围，没想到能够得到这么多烟花朋友的陪伴，都感到又惊又喜。这真是花团锦簇的一夜，惊喜一个接着一个。

小银，如果明年还有类似的烟花表演，你还会愿意看吗？我很想知道小银是否喜欢今晚的璀璨烟花，每当一个烟花炸开的时候，我都会注意看看小银的反应。尽管它总是会被爆炸声震得一个哆嗦，可它依然全神贯注地凝视着这美丽的烟花。

终于，烟花表演进行到了尾声，人群渐渐散开了，夜晚也到了尽头，远方天际晨光熹微，太阳从海平面上悄悄探出了脑袋。新的一天即将开始了。早起的小孩子在村子里嬉戏玩耍，炊烟袅袅升起，公鸡喔喔啼叫，树梢上的鸟儿叽叽喳喳地唱着歌，多么和谐美妙的一个清晨啊！

忽然，小银从我身边跳了起来，箭一般冲了出去。我以为它看到了什么，连忙一边叫着它的名字，一边匆忙追了上去。可我很快发现，小银只是在绕着葡萄架转来转去，兴奋得又蹦又跳。

我忍不住笑了起来，拍了拍小银的小脑袋："你也非常喜欢这样的早晨，对吗，小银？"

孤月

渴了一天的小银此时正在畜棚里畅饮甘甜的井水。这水是刚刚才打上来的，清凉的水上还倒映着星光。看着小银大口喝水的样子，仿佛是想把水槽里的星星一起喝到肚子里。我不禁想问："小银啊，这映着星光的水是什么味道的？像不像那香醇的葡萄酒？"

不过，小银不懂我内心的想法，它只是快速地将石槽中的两桶水喝了个干净，随后便准备睡觉了。它慢吞吞地穿过比它高出不少的向日葵，朝着驴棚走来。我靠在驴棚的门上等着它，这道门被我涂成了白色。

九月的夜晚凉飕飕的，湿润的空气还夹杂着淡淡的野草清香。屋顶早就被露水打湿了，不远处的田野也在夜色下酣睡着，松林趁着花儿们沉睡时开始散发出浓浓的松香味，不一会儿，空气中、风中就全是它们的味道了。

月亮立在山头，一大朵黑云借机压在它的头顶，乍一看，还以为是一只巨大的黑母鸡在山顶下了一枚大金蛋。

我的脑海中突然响起了这样的诗句：

冷寂的夜晚，

月亮孤悬于天空。

有人说，

他看到了月亮坠落……

原来，

只是梦中的呓语。

小银也仰头看了看月亮，它迷茫的双眼告诉我，它不知道我在说什么。随后，它轻轻地晃了晃耳朵，目光在我和月亮之间流连……

花果园

很长时间以来，我一直对首都那座花果园念念不忘。小银很想去那座有名的花果园里散步，我对此也是满怀期待的。想不到，这一天真的到来了，我们很快就要到花果园里做客了！

我和小银绕着花果园的外围信步，透过篱笆墙，我们能看见一棵棵香蕉树上结满了又大又甜的香蕉，黄澄澄的，看起来非常诱人。附近的合欢树同样高大茂盛，果实的香气飘散开来，那些还未完全掉落的花瓣被风吹散了，落进不远处的河流里，在阳光的照射下泛着金灿灿的光。

走着走着，我们就走到了花果园门口。小银兴奋得几乎要跳起来了，它不断用前蹄笃笃敲着地面，表达自己的喜悦心情。看到它这副模样，我也不由得替它感到开心。

绿油油的爬山虎布满了铁栅栏门，碧绿的颜色仿佛能洗刷我们的眼睛与心灵，驱散所有的阴霾。枝叶上湿漉漉的，大概是清晨的露珠还没有彻底蒸发，珍珠一般泛着淡淡的光晕。随着一阵凉风吹来，院子另一头传来了孩子们嬉戏打闹的笑声，小银迫切地探着脑袋，向铁栅栏门里张望，它多么想去和孩子们一起玩耍啊！

瞧！一辆绿色的小车正在绕着花果园慢慢地行驶呢，车头上插着一面紫色的小旗，我猜游客们可以乘坐着这样的小车参观花果园，对不对呢？我极目远眺，看到远处的水域里划过了一艘小船，船身被金色和紫色的漆料涂得亮闪闪的，引人注目，船上的小贩正在高声叫卖榛子，想想榛子的味道，我都要忍不住流口水了。

一个小女孩蹦蹦跳跳地从不远处跑了过去，她手里攥着一大把红红绿绿的气球，用清脆的嗓音喊着："看看我的气球！买一只气球送给您的孩子吧，先生！"

花果园角落里的老头儿支起了卖蛋卷的摊子，他可没有像小女孩那么积极地叫卖货物，相反，他蜷缩在了自己的红色铁皮箱子上，懒洋洋地闭上了眼睛，打算打个瞌睡。

最近的天气渐渐凉了，炎热的夏日已经过去，植被由绿转黄，只有高大的松柏依然生机勃勃。

我和小银绕过了铁栅栏门，找到了一个可供进出的小门。就从这里进去吧，小银！可我们刚刚迈出脚步，就被一个身穿门卫制服、手拿警棍的男人挡住了。他板着脸，不满地打量着我们。

"毛驴不可以进入花果园！先生，快带着你的驴子离开吧！"

"毛驴？这里只有我和我的朋友，哪里来的毛驴？"我诧异地注视着他。是的，我总是将小银当作朋友看待，我已经渐渐忘记了，它还生着一副毛驴的相貌呢。

"您在开什么玩笑啊？"门卫气愤地嚷着，"毛驴！就是你身边的这头毛驴！"

"噢，是的，是的，我明白了！"我这才恍然大悟，懊恼地看了看小银。真糟糕，居然有这样一条规定，毛驴不可以进入花果园！那么我的好朋友应该怎么办呢？

难道，我要将小银孤零零地丢在这里，独自进入花果园吗？我可做不出这样的事情！算啦，我们是朋友，应该共同进退，那么我也不进去了！下定决心以后，我拍了拍小银的小脑袋，笑着说："我们回去吧，小银，我想到一个有趣的故事可以讲给你听，你一定会喜欢的！"

小姑娘

除了我以外，小银还有一个非常喜欢的朋友，那是一个穿着白裙子的小姑娘。那个小姑娘活泼开朗、落落大方，最喜欢缠着小银一起做游戏。每当她来找小银玩耍的时候，总会带来一大把花。她隔着篱笆墙，用清脆的嗓音喊一声："小银！快出来呀，我又来找你玩儿了！"小银就会高兴地大声嘶鸣起来，在院子里连转几个圈子，兴冲冲地往外跑。

和小姑娘在一起玩耍的时候，小银总是显得温驯可爱，当然啦，小姑娘也将小银看成真正的朋友，对它非常尊重。小姑娘经常会钻到小银的肚子下面，伸手轻轻抚摸它肚子上柔软的皮毛，轻轻拍着小银的蹄子。这是他们最喜欢玩的游戏，小银用两只前蹄交错敲打着地面，时不时吭哧吭哧地小声叫着，那是因为它觉得痒痒了。每到这种时候，小姑娘就会笑着钻出来，使劲儿亲一口小银的脑门儿。

小姑娘经常给小银带来新鲜的玉簪花，她知道，那是小银非常喜欢的一种食物。小银则埋头咔嚓咔嚓地吃着，露出了满足的神情。在它专心吃玉簪花的时候，小姑娘就会摆弄着它的耳朵，仿佛将小银的耳朵当成了什么新玩具。

"啊，小银，我可爱的朋友。"小姑娘嘀嘀咕咕地说，"我该怎样称呼你呢？我叫你小银，还是叫你小驴？你会喜欢哪一个名字呢？"

小银听不懂她所说的话，它只会亲热地轻轻拱着小姑娘，伸出舌头去舔她的手。

然而，一个噩耗降临了——小姑娘生病了。她的父母带着她去看过很多医生，他们全都束手无策。小姑娘病得昏昏沉沉的，躺在病榻上还在喃喃地叫着小银的名字，但她的身体实在是太虚弱了，根本没有力气出门看望小银。

　　"小银……我的好朋友，小银，你还好吗？"她经常在病中迷迷糊糊地喃喃着。

　　小姑娘病中所住的房间狭小又昏暗，背向太阳，每到夜晚，住在附近的人们就能听到低低的呻吟声和啜泣声。命运为什么这样残忍呢？为什么要用病痛来折磨这个天真善良的小姑娘呢？

　　小姑娘一直在痛苦中煎熬到了九月份，最终迎来了解脱。在一个日光晴朗的日子里，她永远地睡着了。她的父母悲痛欲绝，为她举办了正式的葬礼。葬礼时微风吹拂，鸟鸣啁啾，处处都是温馨明媚，这也许是上天安排的结果，小姑娘要回到天上的伊甸园，做一个无忧无虑的小天使了。

　　咚、咚、咚……

　　大钟一下下敲响了，这是在送别我们可爱的朋友。从此以后，我们就再也没办法跟她一起玩耍，没办法听到她银铃般的欢笑声了。

　　我心里难受极了，久久地呆立在墓园里，眼前浮现的都是小姑娘往日的模样，直到太阳偏西才慢慢走回家。我推开了驴棚的门，看到小银没精打采地蜷缩在那里，一动也不动，我知道，它也正在为我们的朋友而难过呢。我抱住了小银的脖子，眼泪不由得淌了下来。再见了，亲爱的小姑娘，再见了，我们的好朋友！

金丝雀死了

那只年迈的金丝雀永远地闭上了眼睛。

你还记不记得那只金丝雀，小银？它曾经和孩子们一起度过了一段愉快的日子，可是今天早晨，它终于走到了生命的终点。它静静地躺在鸟笼的底部，双眼紧闭，身躯冰冷，已经彻底没有呼吸了。

没错，它的年纪已经很大了，没有办法再像其他鸟儿那样自由飞翔，叽叽喳喳地从早唱到晚。在寒冷的冬天里，它经常会蜷缩在笼子里睡觉，很多时候我们都会忘记它的存在。冬去春来，万物复苏，当它精神好的时候也会蹦出笼子，飞过花园，看一看院子里芬芳的玫瑰花与翩然的蝴蝶。有时候孩子们也会祈求它唱一首歌，可是金丝雀已经没有以往的歌喉了，它唱起歌来就像是一只老旧的破风箱，它再也无法给我们带来动听的歌声了。

"可是，就算是这样，我们也不愿意它离开啊！"那个发现金丝雀尸体的孩子哭得抽抽搭搭的，"我们会给它准备充足的食物和水，为什么它就不能一直陪着我们呢？"

小银，你一定也在为这件事而难受吧？让我来告诉你这个问题的答案，正如坎波阿莫尔曾经说过的，"死亡是因为到了死亡的时间"，他所写的这句诗正是为了纪念另一只寿终正寝的老金丝雀。

我相信，这个世界上同样存在鸟儿的伊甸园。金丝雀正是飞往了我们的朋友小姑娘的身边呀！我想，那里一定盛开着大片大片金灿灿的花，各种各样的鸟儿都能在那里找到自己的一片天地。金丝雀一定也能在那儿享受生活，放心吧，小银！

现在，让我们和孩子们一起给金丝雀准备一个小小的坟墓吧，小银。花园是它最喜欢的地方，伴随着花香和微风，它可以在这里静静地沉眠。暮色四合，月光柔柔地洒在花园里，小姑娘布兰卡双手捧着金丝雀冰凉的身体，将它轻轻地放在了一株玫瑰花下，一捧又一捧松软的土壤覆在了它的身上，有的孩子忍不住难过地抽泣了起来。来吧，让我们送它最后一程，哀悼我们亲爱的朋友金丝雀。

小姑娘布兰卡拉了拉我的衣角，问道："从此以后，我们再也不能见到金丝雀了吗？"

我没有办法回答你，我的朋友，我想我们还能和金丝雀重逢的，或许就在开春以后，我们的花园里又会飞来一只活泼可爱的小金丝雀，它的歌喉又会变得清脆动听，或许它还会带来不少朋友呢，它们会围着玫瑰花丛翩翩起舞，落在小河边啁啾歌唱……想想吧，朋友们，那该是一幅多么美妙的图景啊。

第七章
伙伴们

十月的傍晚

快乐的暑假时光就这样过去了，当树上最早感知到秋天的树叶落下的时候，孩子们也知道假期结束了。他们纷纷背上书包去往学校，没有了这群每天像小麻雀一样无忧无虑、打打闹闹的孩子，村子一下子就安静了下来，于是一种名为孤独的氛围充斥着村子。太阳像往常一样将金色的阳光洒在小村庄，但此时这样的灿烂的阳光似乎也变得无聊起来。

恍惚间，我的耳边似乎又响起了孩子们嬉戏打闹的欢笑……

一天的时光不知不觉就过去了，太阳此时已经走到了西边的山巅上。玫瑰花园中还有几朵尚未凋零的玫瑰，夕阳的光辉照在它们身上，花朵仿佛被点燃了一般，顿时化为了朵朵燃烧的火炬，不一会儿整个玫瑰园都被点燃了。微风吹过，瞬间被染上了花朵燃烧时散发的独特的浓烈香气。随着整个太阳落到了山那边，世界归于平静。

小银仿佛也不太适应这过于寂静、过于孤单的环境。它轻哼了一声试图打破这样的环境，却无济于事。它只好烦躁地甩甩头，走到我身边。我沉默地望着太阳落山的方向，不知道过了多久，才转身朝家的方向而去。小银似乎还想在外面游逛，它望着我的背影迟疑了一会儿，看我没有停下脚步的意思，只能不情不愿地跟着我回家去了……

希腊乌龟

那是八月酷暑中的一天，烈日炎炎，将路边的花花草草都晒得奄拉下了脑袋。我和我哥哥结束了一整天的课业，肩并肩走回家。大路上实在是太晒了，我哥哥出了个主意，沿着胡同和小巷左一钻，右一绕，又能躲太阳，又能看看不一样的风景。就在我们左顾右盼的时候，我忽然眼睛一亮，发现谷仓墙角里缩着什么小东西。乍一看像是一块石头，可是它又像是在微微动弹，这是怎么回事？

"我们过去看看吧。"我又好奇又有些害怕，拽了拽哥哥的袖子，在他的陪同下，我大着胆子凑了过去，从地上拾起了一根树枝，小心翼翼地拨了拨那个东西，啪嗒，它翻了个身，露出了圆圆的龟壳，我这才看明白，原来是一只小乌龟！

"我们把它带回家吧！"我哥哥也燃起了兴趣，"快，你把它放进你的书包里。"

"你为什么不去？"我抗议了起来。

"我可不想碰那个东西。"我哥哥撇了撇嘴，我也是同样的想法。

毕竟这只小乌龟全身都糊满了污泥，就连龟壳上的花纹都看不清楚了。谁碰它都得粘一手泥巴。我们谁也不想让步，又不愿意放弃这只乌龟，僵持了好半天，直到家人来找我们，才帮我们将这只乌龟带了回去。

"乌龟！我们带回来了一只乌龟！快来看看啊！"我们大呼小叫，一进门就围着乌龟转来转去。

这只乌龟的龟壳上沾满了污泥和灰土，我们将它拿到水龙头下仔仔细细地冲洗了好半天，才把它彻底洗干净了。拿到阳光底下一照，小乌龟终于露出了漂亮的龟壳。它的龟壳上布满了黄黑相间的复杂花纹，在阳光下泛着淡淡的光芒，我们一声不响地悄悄观察它。没过多久，一直缩在壳里的小乌龟慢慢地伸出了脑袋和脚，它的小脑袋左一转右一转，小小的眼睛带着好奇悄悄地打量我们。

被我们叫作"绿鸟"的堂·华金·奥利瓦来我家做客，也看到了这只小乌龟。他坚称自己是研究乌龟的专家，仅仅绕着小乌龟转了两圈，就一口咬定："这是一只希腊乌龟！相信我吧，准没错儿！"他的这个结论得到了大家的一致认同。但我却有点儿怀疑。

为了确定小乌龟的种类，我还跑到耶稣会学校的图书馆里查了不少资料。在一本有关自然史的大部头里，我看到了有关希腊乌龟的介绍，我们这只小乌龟和书里的图片一模一样。我还在生物展馆里看到了希腊乌龟的标本，所有的特点都对上了，是的，它就是一只希腊乌龟！小银，你是不是跟我一样心花怒放呢？我们多了一位希腊乌龟朋友！

这只可爱的希腊乌龟在附近安了家，每当我们出外散步时，都能看到它的身影。有些淘气的孩子喜欢和它闹着玩儿，有时是将它的龟壳翻个面儿，看它竭尽全力地翻身，却总是无济于事；有时孩子们把它系在一根绳子上高高抛起来"荡秋千"，小乌龟吓得不停挣扎，那些坏小子却笑得肚子都疼了；有些时候，他们会将小狗洛德叫过来，故意让洛德吓唬小乌龟。每一次碰到这种情况，我都要劝阻这些孩子，因为他们是在伤害小乌龟呀。

果然，坏小子们的恶作剧闹出了事。事情的导火索是其中一个小孩的一句话，他嘻嘻哈哈地说："让我们试试用子弹打龟壳怎么样？我听说乌龟的壳比石头还要硬呢！"他的同伴们大声叫好，这个小孩当即找来了一把枪，远远瞄准小乌龟的龟壳——"砰！"子弹击中了龟壳，却被反弹出去，打中了不远处树荫里的一只小白鸽。小白鸽受了很重的伤，很快就死去了。

自从这件事发生以后，小乌龟就远远地躲开了这群坏小子，任凭他们怎么找怎么叫，小乌龟都不再出现了。有一次，一个小孩在煤堆里发现了一动不动的小乌龟，无论他们怎么戳弄，小乌龟都一动不动地缩着脑袋，他们断定这只乌龟已经死了，因此不再理睬它。没想到过了几天，小乌龟就悄悄地钻出了煤堆，找了一条水沟栖身。很快，人们发现，只要有空蛋壳的地方，就很容易找到小乌龟的踪迹，它喜欢和母鸡、鸽子、麻雀等小动物待在一起。而西红柿是它最喜欢吃的东西。

等到开春的时候，我们又能偶尔看见小乌龟的身影了。大多数时候它都是懒洋洋地蜷缩在龟壳里睡觉，有些孩子跑过去打量它，大声汇报说龟壳上的花纹出现了变化，颜色和纹路都有些不一样了，我猜那是因为乌龟又长大了一岁。等它活到一百岁的时候，龟壳上的花纹会出现怎样的变化呢？真是让人忍不住想瞧一瞧啊。

安东尼亚

夏天到了，下过了几场大雨，村子不远处小河的水明显涨了。孩子们没办法再随随便便下水游泳嬉戏，也不能赤着脚在水里的石块上跳来跳去了，只能围在小河边，看着那些金灿灿的百合花被雨水打得蔫头耷脑，花瓣被冲进河水里流向下游，最终朝着大海的方向流去。

这天，我们看见小姑娘安东尼亚正站在河边，她紧皱着眉头，左看右看，明显正在发愁。这是出了什么事呀？我们仔细一看，安东尼亚穿着一条崭新的连衣裙，裙摆上布满了碎花图案，还缀着一圈儿蕾丝边呢。这么漂亮的新裙子，她一定不想弄脏吧？可是要想过河，就难免会沾到水，这可怎么办呢？

这条河上原本有一座用石头搭成的简陋小桥，可现在它已经被水淹没了，桥身上还淤积了一层厚厚的淤泥。白杨树围墙边的水位也涨到了新高度，安东尼亚焦急地在小河边来回踱步，可是河水真的太深了，实在没办法蹚过去。

"小银，看到了吗？安东尼亚需要帮助呢！我们去帮帮她，你看怎么样？"我拍了拍小银的脊背，小银扬起蹄子长嘶一声，轻快地向着安东尼亚的方向跑了过去，我连忙跟在它的身后。

"安东尼亚，你好呀，如果需要过河，可以骑在小银身上，它走得又快又稳当呢！"

安东尼亚不好意思地笑了，她的双颊羞红了，手指紧张地搓了搓衣角。她显得有些犹豫，看了看小银，又转头看了看深深的河水，好半天才勉强点了点头："谢谢你们，真是太不好意思了……"

她摘下了自己那条碍事的红色披巾，随手丢在了草地上，随即伸手一按小银的后背，轻巧地翻身骑了上去，身手敏捷，我都忍不住要为她竖起大拇指呢！她的双腿一夹小银的肚子，裙摆下露出了一双小白袜的袜帮。小银迅速领会了她的意思，它后退了几步，小跑助跑，蹄子使劲儿一蹬地——呼！它猛地跳了起来，纵身跃到了小河对岸！我又笑又跳，拍起了巴掌。小银！你可真是好样的！

安东尼亚也忍不住咯咯笑了起来，不用她多说一句话，小银已经撒开四蹄，尽情奔跑了起来。平原广袤，风里回荡着安东尼亚清脆的笑声，百合花那淡淡的香味飘散在空气里，溪水汩汩作响，我凝视着他们自由自在的身影。此时穿着白裙子的安东尼亚就像风中自由盛开的百合花。看着这样的情景，我的脸上情不自禁地泛起了微笑，不由得想要为此吟诵一句有关爱情的诗句。

许多年前的莎士比亚不就写过类似的诗篇吗？他笔下的克莉奥佩特拉曾经感慨道："可爱的小驴子，无忧无虑地欢笑吧，和你背上驮着的安东尼亚一起欢笑吧！"这句诗所写的不就是眼前的情景吗？

我喃喃地念诵着这句诗，一颗心激动得剧烈跳动，这一幕简直比繁盛的玫瑰花海更令我感到震撼！我向着他们使劲儿地挥着手，高喊着他们的名字："小银！安东尼亚！"

小银停住了脚步，回头冲我嘶鸣了一声，仿佛在催促我快点儿跟来。我忍不住笑了起来，连忙小跑着跟了上去。

秋天

一阵阵凉风带走了夏日的暑热，我知道，是秋天来了。小银，你是不是也发现，太阳似乎变懒了？农夫们都早早地来到田间了，它还是不愿意离开温暖的被窝。终于等到它磨磨蹭蹭地起来后，似乎是忘了穿上那件金黄色的、火热的铠甲，即便它悬在东边的天空，却驱散不了一丝清晨的寒气。

北风呼号着穿过树林、田野，在吹落了最后一片树叶之后它将目光锁定在枝头那些细弱的小树枝上。于是它鼓足了劲儿开始在树梢肆虐。没多久那些细小的树枝便如秋叶一般扑簌簌地掉了下来。调皮的风还整理了一下，将它们的一端统一指向了南方。

小银，你看那些铁质的犁头被重新擦亮，带到了它的战场——田野。它无疑是征服这一片片坚硬土地的最锋利的武器。在耕牛的带动下，它开始在田间快乐地忙碌起来。

秋霜打湿的道路两边，树木像卫兵一样站立着。尽管它们身上已经没有绿叶点缀，尽管它们的树枝已经开始干枯发黄。但是它们内心依旧有着坚定的信念：来年春天的时候，我们又能重新长出新芽。它们那样坚定地耸立着，注视着脚步匆匆的行人，它们信念宛如一团火焰，让这些疾行的人不再感受到寒冷。

一串葡萄

深秋到来，天气越来越冷，连绵的秋雨几乎没有停歇的时候。村子里的孩子们已经很久没有机会出门了，他们百无聊赖地守在窗子旁边，祈祷着太阳赶快出来。

他们的愿望在几天之后就实现了。这天的阳光非常好，天幕蔚蓝，万里无云。我们叽叽喳喳地跑出了家门，踩着尚未被晒干的水洼，一个个都高兴极了。我们决定前往葡萄园野餐，好好庆祝一下这个难得的好天气。和平时一样，小银也跟在我们身后，它背着两只大箩筐，其中一只箩筐里装着满满当当的食物和衣服，另一只箩筐里坐着一个小姑娘！她的名字叫作布兰卡，那是个天使般的小女孩，有着纯真的笑容和明亮的大眼睛，人们看到她的第一眼，就很容易对她心生好感。

我们一行人漫步在田野和山林中，呼吸着雨后的新鲜空气，时不时俯身在山溪中掬一捧清凉的水喝下肚，林中的花朵散发着淡淡的清香，鸟儿啁啾歌唱，这是多么美妙的一次旅行啊。

路过葡萄架的时候，有一个孩子蹦蹦跳跳地跑了过去，嚷嚷道："瞧！一串葡萄！"

"一串葡萄！这准是他们摘葡萄的时候漏掉的！"其他的孩子也大呼小叫地凑到了跟前。

是的，葡萄架上的其他葡萄已经被采摘干净了，藤蔓上的叶子都凋零得差不多了，只有那一串葡萄孤零零地藏在葡萄架深处，果实大而莹润，在日光下泛着淡淡的光泽，只需看一眼，所有人都能想象到它尝起来会有多么甘甜。

所有的孩子都向着葡萄架跑了过去，嘻嘻哈哈地想要抢到那串葡萄，维克多莉娅跑得最快，她一把摘下了那串葡萄，将它牢牢地护在怀里。

"这是我的！"她喊道。

我拍了拍维克多莉娅的肩膀，微笑着说："这串幸运的葡萄应该由小伙伴们共享，你说呢，维克多莉娅？"

维克多莉娅犹豫了一会儿，点头认同了我的看法，她将怀里的葡萄递给了我，我把一颗颗饱满的葡萄果实分给了她、罗拉、布兰卡和其他的小朋友，最后剩下的一颗葡萄应该分给谁呢？就在这个时候，小银的小脑袋凑到了我的身边，是啊，怎么能忘了它呢？我将最后一颗葡萄放进了小银的嘴巴里，所有人都皆大欢喜。

皮尼托

那天我和小银外出散步的时候，我听见一个人正在气急败坏地骂道："我从来都没有见过像你这样的人！你比皮尼托的脑子还笨！"

皮尼托？这个名字非常耳熟，我回忆了好一会儿，才想起他是谁。小银，你还记得吗？我们曾经在某一年的秋天见过他呢。

那一天，我是被孩子们的叫声吸引过去的，正好看到皮尼托背着一大捆沉重的葡萄藤，步履艰难地从山上走下来。他的腰背佝偻着，神情萎顿，看起来非常憔悴。我曾经见过他几次，但是从来没有和他搭过话。

他的模样看起来实在太糟糕了，衣服上到处都是脏污和灰土，散发出浓重的汗味，他的袖子卷到了手肘处，露出又黑又瘦的手臂。他的个子虽矮小，行动却很灵巧。如果忽略他脸上的汗渍和泥土，他也算是个漂亮小伙子呢。

我闭上眼睛，努力在脑子里勾勒皮尼托的外貌特点，这实在不是一件容易的事儿，好像在努力捏住指间的沙子，越是拼命去想，越是什么都想不起来。

后来我似乎还见过皮尼托一次，我记不太清细节了。那是在一个雨天，我听到路上的人们在哈哈大笑，于是推开窗户探出脑袋，我看到皮尼托赤身裸体，不顾一切地奔跑在大街上，引来了不少人的嘲笑与议论。小孩子追在他身后又跳又笑，大声叫着他的名字，鄙夷的语气和神情丝毫未加掩饰。好像无论大人小孩，看到一个人不知什么原因以十分羞耻的样子出现在大家面前，第一反应永远是鄙夷和嘲笑。

我也曾经在一个寒冷的冬天见过皮尼托。天快黑了，他拖着步子走在街上，低垂着头，看起来一点儿精神都没有。他去的方向是小镇角落里的贫民窟，那里到处都是垃圾和动物尸体，只有乞丐才会在那里过夜。这样的皮托尼让我不禁对他生起丝丝怜悯。

"你知道皮尼托是谁吗？他呀，呸！"那个呵斥别人的声音又响起来了。

我也很想知道皮尼托是谁，我真希望我当时能叫住他，问一问他经历了什么事情，需不需要帮助。可是我没有这么做，一想起这件事来我就觉得后悔。小银，你明白我的心情吗？现在我们应该去哪里寻找皮尼托呢？他已经离开这个人世了！

是的，这是马卡里亚告诉我的真实事件。皮尼托在小酒馆里喝得烂醉，失足跌进水沟里淹死了。听到这个消息以后，我难过了很长时间。

那时候我年纪还很小，不明白皮尼托为什么会有这样的人生。可是现在，我不认为这一切都是因为他的愚蠢。小银，你又是怎么想的呢？

遗憾的是，皮尼托已经长眠于地下了，我们无法和他交流，无法询问他的人生经历和真实想法了。但是我曾经见过皮尼托的母亲，她坚信自己的孩子一点儿都不笨，甚至比很多人还聪明呢。

我想在皮尼托短暂悲惨的人生中，母亲是他唯一的光亮吧。

石榴

    阿戈迪亚在小河边种了一大片石榴树，在这个金秋，他收获颇丰。于是他挑选了几个饱满的石榴送给了我。小银，你快看，这些石榴真是好看！我觉得这个世界上没有哪一种水果能比它更加独特了。小银，你不信的话就先尝一口，当那些饱满的果粒在你的口腔中炸开的时候，甜美的汁水是不是一下子就让你联想到浇灌它的潺潺溪水？是啊，这样饱满甘甜的籽粒，必定是吸足了甘洌的泉水，才能如此美味。小银，我们一起来把它们全部吃掉吧！

    哈哈，贪嘴的小银，想要吃到它的果实可不容易，瞧，心急的你被它坚硬的外皮苦到了吧。它和橘子可不一样，想要剥开它的外皮可不容易。但是它的甜美果实会告诉你，花费一番功夫去剥开它的外皮是值得的。

    那一粒粒小果粒，挨挨挤挤，像一颗颗晶莹剔透的红宝石。小银，你看那包裹着红宝石的薄皮像不像盖在珍贵珠宝上的薄纱？这些石榴果粒一颗紧挨着一颗，却能够长得颗颗饱满，一整个小石榴果子，仿佛一个装满了宝石的宝库。小银，尽情享用这美味多汁的宝库吧。将满满一把石榴一齐送到嘴里的时候，我的每一颗牙齿瞬间就被这甜美的果浆包裹了。我清晰地感受到它们的欢愉和满足。

    这些石榴太美味了，我已经不知道用怎样的言辞来赞美它了。小银，我现在已经说不出话了，甘甜的石榴汁已经俘虏了我的舌头，这种感觉就像我的眼睛在观察万花筒时不知不觉被它的变化多端和斑斓炫目的色彩吸引了，并且困在了它的迷宫之中了一样。

啊！不知不觉间，所有的石榴都被我们吃光了。

小银，可惜我的果园里没有石榴树，你还记得长在弗洛斯雷街的酿酒厂旁边的那棵巨大的石榴树？每到傍晚的时候，我都会带着你出去散步，有几回我们到过那里……穿过几处破败不堪的建筑，越过那些倒塌的围墙，我们就可以看见广袤的田野以及不远处的小河。坷拉尔街那边的房子也能尽收眼底。这些景色虽然在村子里可谓司空见惯，但在我眼里，在不同的时刻，不同的心境下，它们呈现在我眼前的都是不一样的面貌，且不管哪一面都令人陶醉……小银，你记不记得，每次我们去那里，总能听到巡逻队吹出的哨子声，还有斯艾拉铁匠铺传来的叮叮当当的打铁声。

每当夕阳西下，蜥蜴回到无花果树上准备休息的时候，这个村庄就会呈现一种全新的面貌——每一处都呈现一派诗情画意的景象，一口被阴暗笼罩的水井边，却长着一棵如明珠一般夺目的石榴树……不过它并不属于我。

石榴是我们这里的一大特产，蜚声在外，每每向外地人提到我们石榴，总能令人升起无限骄傲。当烈火般的晚霞布满天空的时候，那些长在果园、山谷中的石榴都被霞光映照得鲜红无比，此刻再娇艳的红花都没法与它们媲美。在我的记忆中，不管是生长在原野上的、井边的还是狭窄深沉的谷地中的石榴，都是一样的。它们头顶的天空总是那样迷人，不同于我们平常所见的蔚蓝，石榴树上的天空是迷人的粉红色的，直到黑夜降临，这迷人的粉红才会褪去。

回 声

每当猎人们成群结队地回到这片山岩附近时，他们总是会在这里驻足很久。

他们迈着大步穿过树林，登上山坡，遥望远处的山川和河流。他们说，这里曾经是帕拉莱斯强盗的窝点之一，过路的商旅都会在附近被抢劫，那个时候几乎没人愿意走这条路。

太阳升高了，岩石上铺满了瑰丽的霞光。朝霞如潮水般退去，晚霞洒向大地，一只山羊循着霞光也爬到了这片山坡上，它追逐着月色下自己的影子，跑到了山坡下的水塘边。这片水塘紧靠牧场，水波粼粼，在霞光的照耀下泛着不同的色彩。

到了夏季的时候，这片水塘就是农家孩子们的乐园。他们打水漂，捉蚯蚓，逮青蛙，往水塘里扔石子，玩得不亦乐乎。

一天的散步结束了，我和小银结伴回家。走到牧场不远处时，我打算坐下来歇歇，于是将小银脖子上的缰绳拴在了一棵枯败的角豆树上。这棵树大概是被烧过，浑身上下都布满了难看的伤痕。

我眺望着晚霞下的山坡，心中忽然涌起了一股冲动。我站起了身，双手拢在嘴边，冲着山坡的方向大声喊："小银——"

小银吓了一跳，连忙转过身来看着我。这时候山坡的方向也传来了悠长响亮的回音："小银——"

我哈哈大笑起来，再次向着山坡的方向大喊小银的名字。小银歪着脑袋看看我，又看看山坡，它有些想不明白，当即也张开嘴巴，冲着山坡嘶鸣起来。果然，山坡也用惟妙惟肖的驴叫声向它打了招呼。

这一下可把小银吓坏了，它虽然是一头聪明的小毛驴，可它的小脑瓜无法理解回音究竟是怎么回事。它慌张地大叫起来，无论它叫什么，山坡都会给出一模一样的回应。小银害怕得想要逃窜，它绕着角豆树不断转着圈子，试图挣开缰绳跑掉。我连忙跑过去安抚它，环着它的脖子，仔仔细细地向它解释回音的原理。

小银，你能听懂吗？我想你一定可以的。我牵着小银的缰绳，带着它远远地离开了那片山坡。直到那条小路消失在视线尽头，小银的情绪才总算是稳定下来了。

晚餐时的惊吓

又到了晚餐时间，孩子们早早守在餐桌前，等待着丰盛的食物。温暖灯光的映照下，面包散发出暖洋洋的香味，肉食泛着诱人的油光，苹果又大又甜，每一道端上来的菜都赢得了孩子们的小声惊呼。

女孩子们格外注意自己的餐桌礼仪，小口小口地吃着，维持着端庄的淑女作风，而男孩子们则很喜欢在吃饭时高谈阔论，这是跟他们的父辈学来的。在人群的角落里坐着个低垂着头的小姑娘，她没怎么动面前的食物，而是全神贯注地给自己怀里的洋娃娃喂奶呢。她小声唱着哄孩子的歌曲，脸上露出了淡淡的微笑，真是一位好"妈妈"啊。

窗外的花园早已陷入了梦乡，星光静静照耀着沉睡中的花花草草，这些星星是夜空的孩子，正在眨着眼睛观察我们这个世界呢。

就在这时，一只白蝴蝶从窗缝儿里飞了进来。它飞得实在太快了，一头撞上了小姑娘怀里的洋娃娃。周围的孩子们愣了一下，随即爆发出了惊喜的欢呼声。

"蝴蝶！一只蝴蝶！"

他们连吃饭也顾不上了，纷纷跑过来想捉蝴蝶。但是这只白蝴蝶的动作非常灵巧，孩子们蹦蹦跳跳，跑得气喘吁吁，却也怎么都捉不住它。

"它向窗户飞过去了！"一个孩子叫道，果然，白蝴蝶逃出了孩子们的包围圈，贴到了窗户上。一个孩子蹑手蹑脚地走了过去，想要一把抓住窗户上的白蝴蝶，可他的动作忽然顿住了。透过窗户，他看到了窗外孤零零站着的小银，这可怜的小家伙探着脑袋，眼巴巴地凑了过来，它多么想和孩子们一起玩呀！

道 路

昨晚雷声轰隆隆直响，风雨交加。一早醒来，我就推开了窗户，想看看外面是什么样子。小银，你看到了吗？黄黄绿绿的叶子经受不住风雨的摧残掉了一地，那些树木都像是翻了个身，树冠朝下，树根朝上，你瞧，它们光秃秃的脑袋显得多可怜呀！

不过，风雨之后的白杨树仍然身姿挺拔，它们让我想到那些身姿矫健的舞蹈家。白杨树那长长的红发发梢也落到了地上，而它们依然昂首向天，仿佛在说，暴风雨是永远无法让它们屈服的！小银，你看到这些白杨树的时候，是不是也和我一样对它们心生敬佩？

鸟儿们叽叽喳喳地飞过树枝，眼前的这一切都变了样子，它们的家园是否也在暴风雨中遭到了毁坏呢？鸟儿用忧郁的眼神注视着我们，似乎在向我们倾诉暴风雨给它们带来的一切不幸。要知道，以往我们也会这样看着它们，这一场风雨改变了多少东西啊！小银，这真是让人难以置信。

就连那广袤的田野也换了一副面容，它们披上了属于秋天的金黄色礼服，等待出席不久以后的丰收宴会，可是，在这之后呢？田野里又会空空荡荡的了。它们究竟去了哪儿？我永远不知道这个问题的答案。

你能告诉我吗？亲爱的鸟儿，亲爱的麦田，你们一定学过同样一种魔法吧！每一次想到这一点，我都好奇得睡不着觉。

我的小银，如果有一天你也学会了这种魔法，你可一定要告诉我啊，绝不能悄无声息地从我身边消失。当然了，我也会一直陪伴着你……

红色公牛

像往常一样，我和小银在橘子园里度过了愉快的时光，我们花很多时间散步，呼吸橘子味儿的清甜空气，欣赏随风摇曳的狮爪花，采摘小山坡下的荆豆，攀爬枝叶茂盛的橡树，感受着海风的吹拂，欣赏着日落日出。一行大雁排成一列，扇着翅膀飞过了天空，我和小银都扬起脑袋眺望着，这是多么美丽的一幕啊，我们仿佛置身于画中世界。

"喂——曼努埃尔！"我将双手在嘴边拢成了喇叭形状，向着远方大声喊着，周围除了我的回音，一片静悄悄的。

就在这时，我听见了轰隆隆的闷响声，仿佛连大地都在震颤，不远处的小路尽头扬起了一片尘土。糟糕！我和小银对视一眼，同时慌了神。赶紧藏起来！我拉着小银的缰绳，和它一起藏进了身旁的一片树丛中，悄悄拨开眼前的草叶，向外看去。

"砰、砰、砰……"随着沉重的脚步声响起，小路尽头走来了一头巨大的公牛，它通体红色，腿脚有力，每踏一步仿佛都能让大地发抖。它猛地站住了，昂首向天，发出一声大吼。

"哞——"

这简直是天神的怒吼声，震耳欲聋，我和小银下意识地抱紧了彼此，忍不住浑身发抖。它要发怒了吗？它接下来要做什么？我慌慌张张地胡思乱想着，一动也不敢动。

不过，其他的动物似乎完全没有被这声大吼吓着。半空中的大雁照样扇着翅膀往南飞，太阳也跃出了云层，将粲然日光洒在了那头威风的公牛身上，此时此刻的大公牛简直像是一位身披铠甲的常胜将军，迈着骄傲的步伐，穿过龙舌兰花丛，在不远处的水塘边俯下身来，大口大口地喝完水，抬起头来，昂首阔步地沿着山道走去。

它的背影消失在了上山的路上，我们凝望着那个方向，久久都回不过神来。

白马

小银啊小银，我心里真是说不出的难受，你能够明白我此时此刻的心情吗？

我像以往那样走过弗洛雷斯街的波塔达，然而眼前的一幕令我惊呆了，一匹白色母马正躺在地上，身子底下流出一摊鲜红的血，它已经出气多、进气少了。它的身边围了很多人，有女孩子在低低地抽泣着，没有人说话。

发生了什么事？我连忙去问附近的女裁缝布丽达。她叹了一口气，仔仔细细地将事情的来龙去脉对我说了一遍。原来这匹马的年纪已经太大了，眼睛又失明了，它的主人嫌弃它没办法干活，不愿意再养它了。屠宰场的工作人员上门将白马带了出来，可是没过多久，这匹马居然挣脱了缰绳和牢笼，再一次跑回了家。

但是它的主人铁了心要扔掉它，他顺手抓起一根木棍，一边抽打着这匹可怜的白马，一边用各种各样的恶毒言辞咒骂着它。白马连连躲避，哀鸣不已，却仍然不愿意离开主人。他又抽出了镰刀，作势要砍白马，白马只能慌张地逃走了。

　　主人家门前的动静引来了不少看热闹的人，小孩子们嘻嘻哈哈地指着白马笑，一边走一边抓起东西砸它，这匹可怜的老马遍体鳞伤，又在逃跑的时候扭坏了脚，只能跟跟跄跄地沿着道路往前走。它要去哪里？或许连它自己都不知道。

　　"看看那个可怜的老家伙！"周围的孩子依然在肆无忌惮地嘲笑着它，白马终于承受不住这一切了，它蹒跚走了几步，一跤摔倒在地，鲜血汩汩地淌了出来，它永远地闭上了眼睛。

　　小银啊小银，听到这个故事实在是令我痛心极了。无论是人还是动物，我们总有一天要走到生命的尽头，可是老白马这样的结局未免太凄惨了。我远远地看着它倒在地上的尸身，它的白色皮毛令我想起了死在暴风雨中的白蝴蝶，这纯洁无辜的生灵为什么要遭受这样的对待呢？

　　恍惚中，死去的白马又一次在我面前站了起来，它原本失明的眼睛也再一次睁开了，漆黑的眼珠亮晶晶的，它迈步向着远处走去了，将夜晚和浓云都留在身后。它将要走向哪里呢？

闹新婚

小银，这件事肯定也是你从来都没有见过的！卡米拉太太穿着红白相间的礼服，指着一块小黑板，正在聚精会神地讲课呢！而台下的学生，你肯定想不到，是一头小猪！萨塔纳斯大伯正在朝这个方向兴冲冲地走过来，他的一只手里抱着一个大酒囊，酒囊里散发出淡淡的葡萄酒香味儿，另一只手里呢，拿着一个鼓鼓囊囊装满了钱的钱包！

我看见这里有几个惟妙惟肖的小纸人，我猜那是手巧的"小公鸡"贝贝和"小邮差"孔查的杰作。不久前，他们跑到我家来拿走了几件没人要的旧衣服，聚在一起忙活了好几天，他们肯定就是在做这件事！

我还看见了佩比托的身影。他高高地骑在一头黑毛驴身上，昂着头挺着胸，看起来神气极啦！原来今天他担任着神父的职责，难怪！一大群孩子都跟在这头黑毛驴后面，我一眼看去，就看到了富恩特街、恩美狄奥街、埃斯克里巴诺斯广场和彼得罗大街的熟面孔。他们兴冲冲地叫着跳着，简直有说不完的话。

夜深了，月上中天，婚礼正式拉开了序幕。

一队小个子的乐手走进了场地里，他们都是小镇上的孩子，带着各种各样稀奇古怪的乐器——铁罐、响铃、铁锅、铜盆、瓦壶、砂锅等。他们叮叮当当地敲响了这些东西，奏出了一首热闹的乐章。新婚夫妇满面笑容，手牵手地走过了大街。

卡米拉太太已经是第四次踏入婚姻殿堂了，她的前三任丈夫全都去世了，如今她已经是个花甲之年的老太太，但她披上婚纱时依旧美丽。萨塔纳斯先生同样丧偶多年，他甚至比卡米拉太太还大十岁，这位老人是酿制和品评葡萄酒的行家。当这对特殊的新郎新娘携手出现的时候，人群里爆发出了一阵欢呼声。

热闹的庆典一直持续到新郎新娘回到家中，直到这个时候，还有几个调皮的小孩子偷偷藏到窗根儿底下，想听听新婚夫妇在说什么悄悄话呢。

闹新婚可是一项持续三天的欢庆仪式呢，小银！人们会挤挤挨挨地跑到灯火通明的广场上去，围绕着圣像跳舞、喝酒、唱赞歌，那真是欢声笑语的一段时光啊！所有的孩子都可以尽情地大笑大跳，没有人会因此责怪他们。

等到所有的喧闹声散去以后，皎洁的月光柔柔地照着村子，在月亮的照耀下，有情人依然在喁喁私语……

吉卜赛人

"吉卜赛人来啦！小银，你看到了吗？"冬天那段时间，我有了一个新乐趣，我喜欢用"吉卜赛人"这个说法来和小银开玩笑。

不过，那位吉卜赛女郎实在是一位非常漂亮的姑娘，每当她行走在日光下的时候，衣袂飞舞，鬓发上的金银首饰一闪一闪的，她信步而来，神采飞扬，那副微笑着的模样真是引人喜欢！

吉卜赛女郎经常身穿一条蓝白相间的长裙，脖子上系着一条轻飘飘的黄色丝巾，她可不是一吹就倒的身材，而是相当健美有力。她这一次外出是为了寻找区政府的工作人员，争取能在公墓后面修建营地。

在过去，吉卜赛人也经历过一段苦日子呢，小银！他们只能勉强在破帐篷里栖身，用野外燃烧的篝火取暖。跟在那些吉卜赛姑娘身边的毛驴全都饿得皮包骨头，如果能走进他们生活的那片弗里塞塔地区，还能看到更多这样的情况。那里的毛驴都非常惧怕吉卜赛人，没办法，它们的生活环境实在是太恶劣了！这就是我用这句话来跟小银开玩笑的原因。不过，当然了，我是不会让小银处于这种糟糕境地的，我根本无法忍受和它分开。就算出现了什么意外情况，我也相信自己可以保护好小银，要知道，吉卜赛人的居住地和我家还有很长一段距离呢，而且我的好朋友打更人伦赫尔也会帮助我、提醒我的。

"吉卜赛人"只是我逗小银时会说的话，我会故意紧皱着眉头，连连叹气，忧郁地抚摸着它的脊背，叹气道："这下糟了，小银！吉卜赛人要把你带走了，就连我也没办法！"

小银一点儿都不在乎，它知道我是在逗它玩儿呢。它冲着我轻快地嘶鸣一声，转身跑进院子里。这样可不好玩！我使劲儿关上院门，大叫"吉卜赛人！吉卜赛人！"小银果然被吓了一跳，它慌慌张张地从院子那头跑过来，一头撞进了自己的驴棚，看到它这副模样，我又忍不住哈哈大笑了起来。

只不过，这个小家伙跑得太快了，花园角落里的蓝色牵牛花都被它踩坏了好几朵。可是就算这样，我也不会把它交给吉卜赛人的。

火焰

"小银，你为什么不再靠过来一点儿呢？是在害怕吗？不用害怕，房东先生是一位和蔼的人，他以前不是也带着小狗阿里和你一起玩吗？天气这么冷，我们应该待在一起才对。"

寒风呼啸，这样的天气真是让人害怕，我和小银不再出门散步了，经常去干活儿的橘子园也暂时关闭了，没办法，寒冷实在是太糟糕了！

"仁慈的上帝啊，请您怜悯我们，不要毁掉我们的橘子……"拉波索先生喃喃自语。

没错，那些橘子不仅是我们辛苦耕耘的成果，更是所有人心心念念的礼物，每当我们穿过橘子园时，都会想象着橘子酸甜可口的味道。但是在这呼啸的冷风中，橘子树会遭遇什么呢？我们又着急又难过，却无能为力。

我们只能留在屋子里，蜷缩在火炉边，注视着跳动的火苗，就连小银也全神贯注地盯着火焰。"你也很喜欢火炉吧，小银？"我摸了摸小银的小脑袋。是的，火焰能带给我们必不可少的安全感，无论是财富还是漂亮姑娘都比不上它的重要性。当我们置身于寒冷的冬夜中，火焰能够驱散阴霾，为我们指引正确的方向，让我们不必慌张、彷徨。

在这漆黑的夜晚，只有我们身旁的火焰是唯一的光源，在这一刹那，这仿佛是整个宇宙中的唯一光源。

"小银，你明白我现在的心情吗？"我摸着小银的脑袋，轻轻地说，"我们和大自然的距离很近，我们就好像在野外，在大自然的中央！你看，火焰就是它的心脏，是它的血液，而火焰也是哺育我们的乳汁，如果没有火，人类还是茹毛饮血的猴子，永远无法成为真正的人。"我想到哪里就说到哪里，小银也许听不明白，但是我很想将我的心事对它倾诉出来。

小狗阿里蜷缩在火炉旁边，呆呆地望着火焰。它那一双清澈的眼睛里也倒映着两朵小小的火苗，一跳一跳的。

在这火光的映照下，我们仿佛置身于一个奇妙的空间之中。房屋的影子随着跳动的火苗微微摇摆，在火光中，我们能看见山川湖海，能看见繁花美景，能看见各种各样的小动物，还能看见我们自己的影子呢，我们手拉着手跳舞，仿佛回到了很久以前的原始时期……

沉醉吧，享受吧，珍惜火焰带给我们的一切！小银，我无法将我这时的所思所想说给你听，我已经沉浸在我自己的想象中了……

第八章

最后的告别

十一月的原野

烧炉子的燃料没有了，我带着小银早早出了门，去了附近的山林。太阳走到西边的山顶时，我们从林子里出来了，小银的身子此刻几乎被松枝淹没了。两大捆松枝压在它身上，但它却并不觉得吃力，在崎岖的山路上它依旧脚步轻快。从它身后看去，仿佛是一堆巨大的松枝在向前移动着；从它身前看去，它那树枝的耳朵就像蜗牛的两只触角，而身后的松枝便成了巨大的"蜗牛壳"。

看着这些绿色的松枝，我不由得联想到，曾经这些松枝也是傲然地站在树梢上沐浴着灿烂的阳光和柔和的月色；曾经它们也为鸟雀提供了一方栖息之地……此刻它们已经被砍了下来，远离了大树母亲的怀抱，失去了拥抱太阳和月亮的资格；它们会逐渐地干枯，最终在烈火之中化为灰烬……

小银背着这些松枝走到满是尘土的小路上，这样的场景看起来是如此悲凉。

太阳已经全部落下去了，暗紫色的天空下，空气骤然变得寒冷。很快就到十二月份了，原野上的景色和去年一样，一样的衰颓，一样的静谧，一样的有一头驴子驮着松枝朝着家的方向而去……

不过，似乎又有一点儿不一样，温柔谦卑的小银身上，似乎散发出了不一样的气质。

衰老的驴子

《阿尔卡伊德·贝莱斯》中有着这样一句诗："它实在太累了，几乎会在下一刻摔倒。"

我愣在原地，动也动不了，浑身僵硬地注视着面前的一切。矮墙下站着一头驴子，它低垂着头，神情呆滞，周围人来人往，却没有人愿意多看它一眼。我的脑海中闪出一连串疑问：这个可怜的小家伙为什么会出现在这里？它被赶出家门了吗？还是从屠宰场逃出来的呢？它看起来已经老得走不动了，大概曾经遭受过不少苦难吧。它孤零零地站在阳光下，呆愣了好一会儿，慢慢地在原地挪着步子。它想去哪里？大概它也不知道。

当走到生命终点的时候，我们都会显露出这样狼狈的状态吧，小银。想到这里，我不禁有些害怕。这头驴子并没有放弃生存下去的希望。它仍然想要追随日光和温暖，但它已经迈不动脚下的步子了。年老体衰的它已经疲惫不堪，不管怎样挣扎都是徒劳无功。它该怎么办呢？

或许在死亡前保持尊严就是它唯一能做的事情了吧。

直到今天，当我闭上眼睛时，我还是很容易回忆起那一幕，奄奄一息的老驴子站在夕阳余晖中，被人弃如敝屣，只能默默地等待死神的降临……这幅画面实在令人心痛。无论我怎么试图吸引它的注意，它那呆滞的目光也不会扫向我。

这头老驴子的结局是怎样的呢？我并不知道。或许是被冷风冻死，或许是被屠宰场的人带走，或者是它自己站不稳摔下去，就这样结束了生命。我觉得心如刀割，可我一点儿办法都没有，小银，你能明白吗……

小花

这段文字是赠给我的外婆的。母亲告诉我，我外婆特蕾莎生前非常喜欢各种各样的花卉。她喜欢的是怎样的花呢？我总是忍不住去想这件事。会和我小时候梦到的彩色星星一样吗？是的，一定是这样。外婆在临终前喃喃自语的依然是花的名字。或许她现在就身在一个满是鲜花的世界中吧，她的身边肯定有五彩缤纷的马鞭草在风中摇曳。

当我还是个孩子的时候，我最喜欢的玩具是一块彩色玻璃，我喜欢将它挡在眼睛前面，观察太阳、月亮和花草的各种模样。透过这块彩色的玻璃，我的眼中出现了一个新奇的世界，我所看到的太阳、月亮和花草都变成了彩色。我总是乐此不疲地徜徉在这个美妙的世界中。

每当我玩得满头大汗的时候，我总会在花园里看到我外婆的身影，她忙碌着侍弄花草，穿梭在小小的花园里，总是有干不完的活儿。花草在她的精心照顾下也呈现出一派欣欣向荣的样子。

梦里有时是夏天，有时是秋天，但是无论阴晴雨雪，外婆都依然在花园里工作，无论我怎么呼喊她，她都没有回头看我一眼。因此我记忆中的外婆永远是那样一个模糊的背影。

外婆临终前除了念叨她的花儿，还喃喃提起了一个园丁的名字，也许他们曾经一起种过花草。外婆对花草的爱也许是受了那个园丁的影响吧。不过在我所见过的人中，外婆是对园艺最热衷的人了，她因花儿的盛开而欢欣鼓舞，因花儿的衰败而泪落如雨。她对待这些花儿，就如同对待自己的孩子一样。至今我还经常徘徊在她最喜欢的那条小径上，两旁种满了各种各样的花草……

寂静的夜晚

冬日的夜晚实在是太难熬了。没有人愿意踏出房门，寂静的村庄里只有一片片白色的屋宇静静伫立在天幕下，默默地忍受寒风的侵袭。寒夜之中依旧能看到星光闪烁。我想，星星愿意在这寒冷的夜出现，是为了给那些背井离乡、跋涉在路上的旅人们带来一丝丝慰藉吧，至少在这酷寒孤寂的夜，还能有它们相伴。

周围的人们都在抱怨这严寒的天气，但我和小银都觉得这不算什么。我摸了摸小银的脑袋，笑着对它说："朋友，看看你这一身暖乎乎的皮毛，就像裹在被子里，我可真羡慕你。我虽然没有避寒的皮毛，但我有一颗滚烫的心，因此寒冷也无法对我造成影响！"或许我们可以出去走一走，感受一下冬夜里不一样的景致。

于是，我们这对好朋友就在寒冷的冬夜里出门了。我们穿过一片树林，走在狭窄的山路上，冬夜的森林和村庄一样宁静。似乎平日里最爱欢唱的鸟儿也和畏惧寒冷的人一样，躲到了温暖的巢穴里。山路上只有我们的脚步声回荡在附近。我们走啊，走啊……

但是，这样的旅途并不会让我觉得恐惧或乏味，我内心里充盈着勇气与快乐，什么都无法将我击败。小银，你是否也和我一样享受这样的冬日夜晚呢？我看到你一直在凝视着空中的银河，你是不是对此感到非常好奇呢？我也曾经和你一样对星空、对宇宙都无比好奇。不过，就算我们将一生的时间投入研究，也无法彻底了解星空和宇宙的奥秘……不如就让它们保持着神秘吧，或许正是这层神秘的面纱让它们拥有了无穷的魅力……

小银啊小银，我实在非常珍惜这个难得的冬夜，希望你也能像我一样热爱它。

芹菜帽子

这是个难得的好天气，日光明媚，万里无云，我看见不少小姑娘都站在草地上，热热闹闹地说着什么，她们要做些什么呢？照我来看，这样的好天气最适合一场赛跑了，难道不是吗？

就让我来为她们准备一个赛跑比赛的奖品吧！我带来了一本维也纳画册，她们果然为此欢欣鼓舞，纷纷投入比赛的准备中。她们奔跑时活力四射，青春昂扬。

"当，当……"从教堂的方向传来了一阵阵钟声，风吹松林，枝叶窸窣，小姑娘们轻快地跑着笑着，这是怎样一幅令人动容的画面啊。

她们像风一样奔跑着，转眼就跑过了橘子树，小银被这动静吸引了，它凑到小路旁边，跃跃欲试地看着她们的比赛，似乎也想参与其中，没过一会儿，它就兴冲冲地跟在了这群小姑娘身后。小姑娘们觉得非常有趣，可她们生怕输掉比赛，没有时间和小银玩闹，一个个依然全神贯注地奔跑着。

离终点越来越近了！拿到比赛第一名的究竟是谁呢？

我紧盯着奔跑的队伍，只见队伍末尾的一个身影全速奔跑着，超过了一个又一个比赛选手，第一个冲到了终点——那不是别人，正是小银！

小银赢得了赛跑比赛的胜利！这个结果就连我也没有想到。小银已经在沙地上兴高采烈地打起了滚儿，其他参加比赛的小姑娘都气得小脸通红，她们喘着粗气，满脸汗水，一个个都委屈极了。

"难道要把冠军的奖品颁发给小银吗？"她们不满地说。

"不，不，当然不会。"我笑了起来，"小银只是一头小毛驴，它并不会看画册啊。这样吧，我们下次再组织一场赛跑比赛，奖品依然是这本画册，好吗？"

这个提议得到了小姑娘们的一致赞同。又有一个女孩子叫道："我们也应该给小银送一份奖品！送什么呢？"

我想了想，不久前看到的新鲜蔬菜浮现在我的眼前，有主意了！我拿来了一把新鲜的芹菜，做成一顶最适合小银的芹菜帽子，果然，小家伙昂着头，兴高采烈地走来走去，看起来它很喜欢这份奖品呢！

寓言

我小时候一点儿都不喜欢寓言故事，你们也是这样的吗？

我不仅不喜欢寓言故事，也不喜欢教堂、警察、手风琴和斗牛士，这些东西都会让我闷闷不乐。

我认为，寓言故事都是大人们编出来哄小孩儿的，里面塞满了古板的大道理，我简直连一个故事都听不下去。

我还记得在塞维利亚和维尔瓦看马戏表演的经历。负责训练动物的工作人员挥着鞭子，那些可怜的小家伙不得不扮出各种各样的滑稽模样，天哪，我简直感到窒息了，这真是一个人间地狱！

直到我慢慢长大成人，我才感受到了寓言故事的魅力。为此我必须感谢那位名叫拉封丹的寓言故事作家。小银，我曾经向你提起过他，你还记得吗？他的故事结尾也难免会有教训人的大道理，使我听着有些不舒服，但是从他的故事里，我能听到溪水潺潺，鸟鸣声声。

小银啊小银，我知道你和普通毛驴是截然不同的，你有着一颗滚烫的心，能够听懂我说的话，能够回应我的所有感情。我知道你是一位深爱着我的朋友，和我其他的朋友没什么两样。

所以我不会承认你和那些寓言故事里的愚蠢毛驴有什么共同点，那些作者总是对毛驴怀有偏见，他们认为这种动物好吃懒做、油嘴滑舌，而我认为这是大错特错的！放心吧，小银，我永远不会像他们那样看待你。

情歌

小银！我真要写一首深情的诗篇，用来赞颂它的美丽！

蝴蝶在半空中翩翩起舞，每一个动作都显得和谐而动人，就连马戏团最会跳舞的动物都比不上它。它在花丛中翩跹来去，轻飘飘地飞到了围墙的那一头，落在了一片芬芳的玫瑰花丛中，花瓣在风中微微摇曳，而它便像是大自然中的精灵，黑白分明，灵动活泼，吸引着所有人的目光。

我竟然想不出哪一句诗可以形容它的美丽。小银！当它在半空中自由飞舞的时候，没有什么东西能够比得上它的美丽！我沉醉在眼前的这一幕中，花园里的其他事物都无法吸引我的注意力，是的，别说这座小小的花园了，就算整个世界都无法吸引我的注意力。我只顾着盯着它飞翔时的模样，感受它的美丽……嘘，小银，别发出动静。

我真要写下一首深情的诗篇，用来歌颂它的美丽……

小银之死

小银，小银！发生了什么事情呀？

我推开驴棚的门，看到小银正蜷缩在一堆稻草上，紧紧地合着眼睛，似乎正在忍受剧烈的折磨。我连忙蹲下身子，轻轻抚摸着它的皮毛，这可怜的小家伙浑身滚烫，微微抽搐着。

"小银，你生病了吗？快起来，我带你去看医生！"

可是小银已经连站起来的力气都没有了，它蜷缩在地上挣扎着，却没办法使上劲儿。我连忙请人去找医生，自己留在小银身边照顾它。不一会儿，兽医达尔翁赶来了。一看见小银这副模样，他就皱紧了眉头。等他检查了小银的口腔和眼睛之后，神情就变得更沉重了。他摇了摇头，长叹一口气。

"没办法了，这头小毛驴已经没救了。"

我呆住了，什么？！小银要死去了吗？就算是兽医达尔翁，也无法改变这一切？小银在此之前就生病了吗？还是突如其来的食物中毒？天哪，我一无所知！我根本无法接受这个答案！

"不，不，小银，我的朋友……"

我时时刻刻都守在小银身边，给它喂食喂水，陪它说话，然而，小银已经无法给我任何回应了。几个小时以后，我最好的朋友就静静地死去了。

小银最后的模样一点儿都不好看，它的肚子胀气太严重了，皮毛一块一块地脱落下来，浑身青一块白一块，躯体僵硬。它再也无法睁开眼睛，回应我的呼唤了！

驴棚里陷入了一片死寂，我呆呆地坐在那里，大脑里一片空白。一只蝴蝶从驴棚的缝隙里飞了进来，它扑簌着翅膀，日光照在它的身上……

木支架

小银去世后，我把它的那些遗物——缰绳、马鞍、笼头等挂在了一个造型很像小银的木支架上。

为了避免触景伤情，我把它们藏在仓库的某一处角落里，那里还放着一些孩子幼时的玩具，譬如婴儿车、摇篮什么的。仓库非常宽敞，一扇明亮的大窗户带着阳光将这里照亮。透过窗户可以看到莫格尔村外广袤的原野；左边是一些漆红的磨坊风车在转动着；正对面是一片翠绿的松林，那是我和小银经常去的地方——春夏时节，我和小银会去采摘一些野菜回来尝鲜；秋冬时节，小银则会帮我驮回大量用作燃料的松枝。

透过松林，能够隐隐约约看到邻村的房子，那里有一座小小的教堂，墙壁用石灰刷成了白色，阳光下，教堂总是一副庄严肃穆的样子；教堂再往后就是一片果园，那里是鸟雀的天堂。西边是汪洋大海，每当夏日涨潮时，在这里就可以看到阳光照耀下的波光粼粼的海面。

每个节假日，孩子们都会跑到这个仓库里来玩耍，他们会利用从仓库里找到的一切废弃物做成教堂、学校、剧院……

有时候，他们会骑上这个木架子，假装它是小银，他们想象着小银驮着它们在原野上狂奔，于是嘴里激动地呼叫着："小银！驾！跑快点儿！再快点儿！"

哀愁

我的朋友们听说了小银去世的消息，纷纷赶来安慰我。他们都知道小银对我有多么重要，也知道此时此刻，我心里有多么痛苦。

在朋友的陪伴下，我前往松球果园，为小银举办葬礼。四月份的日光暖融融的，小银下葬的地方就在一棵大松树旁，我们站成一圈，凝望着坟墓中安眠的小银，也凝望着四处盛开的黄色百合花。平时清脆的鸟叫声都显得沉重了起来，鸟儿们也在用歌声向小银致以哀悼，送它最后一程。我低垂着头，静静听着这段歌声，从前和小银相处的画面一幕幕浮现。

我轻轻地将手搭在墓碑上，以前，我就是这样轻轻抚摸小银的脑袋。我说："你已经前往更美丽的世界了吧，亲爱的小银。那里是不是非常漂亮？我确信那里的人们都会喜欢你的，你是一头人见人爱的小毛驴啊！我非常想念你，千万不要忘了我啊……"

一只白蝴蝶在小银的墓碑边打着转儿，像是听到了我的话，在对我致以安慰。小银，难道是你的在天之灵让它来的吗？

后来的梦中，我一次次梦到小银，有时梦到它在驴棚里和我玩耍的样子，有时梦见它在天堂里奔跑的样子，每当我见到它，我总是要对它说许多话。小银，住在附近的孩子们全都长大成人了，他们各自经营着自己的生活，已经渐渐淡忘了你的名字，不过没关系，我永远都不会忘记你的。我知道，虽然你不在我的身边，但你始终在天上看着我，对吗？

小银啊小银，尽管你已经离开我很久了，但是每当我回忆起我们过去的那些愉快时光，你就仿佛又出现在我身边，陪我度过所有孤寂寒冷的时刻……